爱·情·物·语

寻找爱情沙

夏爱华 著

中国社会出版社
国家一级出版社★全国百佳图书出版单位

图书在版编目（CIP）数据

寻找爱情沙 / 夏爱华著. —北京：中国社会出版社，2013.3

ISBN 987-7-5087-4309-7

I.①寻…　II.①夏…　III.①散文集－中国－当代 ②随笔－作品集－中国－当代　IV. ①I267

中国版本图书馆CIP数据核字（2013）第019504号

书　　名：寻找爱情沙
著　　者：夏爱华
责任编辑：侯　钰

出版发行：中国社会出版社　　**邮政编码：**100032
通联方法：北京市西城区二龙路甲33号
编辑部电话：010-66080360
邮购部：010-66061078
销售部：010-66080300 / 66085300　传真：010-66051713
010-66083600 / 66080880　010-66080880
网　　址：www.shcbs.com.cn
经　　销：各地新华书店

印刷装订：北京市优美印刷有限责任公司
开　　本：145mm × 210mm　1/32
印　　张：9.25
字　　数：220千字
版　　次：2013年7月第1版
印　　次：2013年7月第1次印刷
定　　价：26.00元

CONTENTS | 目录

第一辑

婚姻幸福有秘诀

人生路上，不幸的婚姻各有原因，而幸福的婚姻却基本相似。那就是，婚姻中的两个人，都非常欣赏对方，能够包容对方，理解对方，体谅对方的难处并加以抚慰。婚姻长久的秘诀，不在于物质，全系于精神。婚姻中，心灵的默契非常重要。两颗相通的心，能够使爱情保鲜。所以，在婚姻中，要时刻检查心灵的门是否一直敞开。在婚姻中，不论发生了什么事，都要坦白地告诉对方。患难与共，快乐共享，幸福才会持久。

婚姻中的两盘菜

认识他的时候，我二十二岁，他二十六岁。我想，他的年龄比我大，一定很疼我。我还有一种以己推人的想法，那就是——只要我对他好，他一定也会对我特别好。

那是一个好季节，初春。我们结伴去郊外踏青。我惊奇地发现，当市区的绿色还在缓慢生长的时候，郊外的山坡上却早已一片青葱。我就是在那里爱上他的。我坐在他身边，静静地看他将细心采摘下来的蒲公英慢慢编织成一个精美的花环，戴在我的发间。

后来，他请我吃饭。在郊区那家质朴的小饭店里，我点了一盘京酱肉丝，并且歪着头告诉他，这是我最爱吃的菜。他笑，说，那有啥吃头，太咸！他点了一份糖醋排骨，用充满幻想的语气对我讲述了小时候第一次吃排骨时的激动。他说，这是他母亲的拿手菜。我笑，说，这有啥吃头，太甜。

菜上来了，他只吃排骨，我只吃肉。我才想起来，他是南方人，而我，则是标准的北方人。

一年后，他手持一束娇艳的玫瑰向我求婚。但我发现，他的笑容里有敷衍的成分。仿佛对他而言，求婚并不是一件情定终身的严肃的事，而是一场好玩的游戏。他太贪玩了，我想。

这让我有了一点点的犹豫。我想起了我们不同的饮食习惯，因为父亲曾对我说过，改变一个人整体气质的难度，就如同想要改变一个人的饮食习惯一样，那几乎是不可能的。父亲问我，你们连饭都吃不到一起，以后怎么生活？

我却这样想，吃饭嘛，毕竟只是生活中的一个微小的细节。我爱他，这是最重要的。

我把自己的想法告诉了父亲。父亲摇摇头，却不再说什么，只是用忧虑的眼神望着我，沉思不语。

我还是欢天喜地地嫁给了他。婚后，充满爱心地为他做菜。慢慢地，我学会了在菜中放一点糖，少放盐。我还学会了一小口一小口地姿态优雅地喝汤。只是，很奇怪，他依然是那么爱吃排骨，经常去他母亲家里蹭饭。而我，依然对京酱肉丝情有独钟。

那年的深秋，他提出分手。我沉默着没有回答。两人一起去郊外那家熟悉的小店吃了最后一顿饭。他点了糖醋排骨，我点了京酱肉丝。

菜上来了。我说："谁能想到结婚七年，竟然还吃不到一起。"我的泪流了下来。他转过头，也流泪了。随后，他拿起筷子夹了些肉丝放进嘴中，和着泪吞了下去。

我夹起了一块排骨，放进口中，那滋味又甜又酸，我吞不下去，最终吐了出来。

那年冬天，他走出了我的视线。

没有他的日子里，我做菜时，仿佛有意与自己怄气似的，常常有意多放盐，直到咸得咽不下去，直到咸得流出了眼泪。然后，我基本上炒菜就不放盐了，我放糖，放很多很多的糖。后来，我尝试做糖醋排骨，认真琢磨怎么做才好吃。我照着菜谱做，结果做得一团糟，根本不能吃。后来，又做了几次，味道都不好。

我常常独坐窗前，认真地想，为什么做不好这道菜？为什么他那么爱吃这道菜？

终于，经过数十次的尝试，一个冬日的黄昏，这道菜做成功了，绝对色香味俱全。我终于掌握了做菜的秘诀，那就是——耐心。排骨洗净，小火慢炖，炖到酥烂的程度，至少要两个小时。最重要的是要掌握好糖与醋投放的比例，糖多了，太甜；醋多了，太酸。

面对这道香气四溢的菜，我想起了以往生活的片断。我坐在桌边，摆两副碗筷，给对面的空碗里夹一块最好的排骨，说："吃吧，你最爱吃的。"然后，举起筷子，一口一口慢慢地吃，和着泪，直到一盘排骨全部吃完。这时候，我才发现，排骨真的很好吃。

三年后的初春时节，当他重新出现在我眼前的时候，我的心很平静，平静得让自己都觉得吃惊。我知道，这个贪玩的孩子回家了。我平静地说，你饿了吧？一起去吃饭吧。那语气，仿佛多年前我们热恋时。他点点头，泪下来了。

还是那家熟悉的店，还是我们以往经常坐的那个靠窗的桌子。他说，来一份京酱肉丝。我笑，说，来一份糖醋排骨。

菜上来了。他光吃肉丝，我光吃排骨。他说，三年来，他总在琢磨为什么我这么爱吃这道菜。他说，他曾认真尝试做这道菜，并最终取得了成功。他说，他后来发现，原来这道菜很好吃。我抬起头，不禁哑然失笑，因为我想起了以往自己埋头厨房研究做排骨的情景。

他一边说，一边夹一筷子肉丝放在我碗中。我夹一块排骨放进他嘴里。我们相视而笑，像两个孩子。眼角的泪光闪烁，谁也没有想到用手擦去。

谁能想到，一场婚姻得花十年的时间去磨合。就像这两盘菜，十年后，才吃出了味道。

何必为爱情留后路

柳倩要结婚，婚房已经装修好了，是新郎王欣的父母出钱买的。复式住宅，双卫双阳台，落地窗，宽敞明亮。婚期已经拟定，一切顺理成章，眼看水到渠成，皆大欢喜。

但恰在此时，新婚姻法有关房产的规定让柳倩大伤脑筋。那就是“一方父母买房，离婚后另一方没份”，让她心里没了底。她觉得这样一来，自己不过是个匆匆过客，住旅馆的性质。如果有一天分手，房子跟她无关，她不过是暂时借住而已。这种想法让她心里很不踏实。对此，她进行了深入的思考。她想，现在自己青春美丽，但随着时光流逝，如果有一天两个人因为种种原因闹起了离婚，自己就什么都没有了。美好的青春不再，房子也不属于自己，连分一半房产的权利都没有。到那时，人老珠黄的自己，难道要到处流浪，无处栖身吗？不行，现在就得给自己留好后路，这婚才能结得踏实。

于是，她背着王欣，在离婚房不远的地方，悄悄地又买了一套小户型的，房产证上写着她的名字。她想，如果以后吵架，我一生气离家出走，又不好意思回娘家向母亲哭诉，那么，至少还有个发泄苦恼的地方。这个地方，拿新潮的话说，就是情绪中转站。房子买了，她才把事情向自己的父母和盘托出。父母说，婚还没结，你就有这么多想法，可见你对爱情信心不足。你有了这种想法，这婚还是先不结算了，再了解一下再说。她却说，喜帖都发出去了，怎么收回？再说了，一个人，生气的时候当然需要释放了。尤其是已婚女子，在哪里发泄都不合适，还是自己有套房，凡事有个余地为好。她让父母为她保密，不要告诉新郎王欣这件事。父亲虽然觉得为难，但也不希望因此而影响女儿的婚姻与未来的幸福，只好保持沉默。

结婚那天，一切顺利。只是到了晚上，因为不小心，她手指上的婚戒给弄丢了。新郎王欣很生气，一个人找了半天，也没找到，于是让她再好好想想到底可能丢到什么地方了。而她想的却是，真不吉利，新婚之夜，婚戒却丢了，看来我跟他真的是一点缘分也没有。即使找到了婚戒，看来我们也是不可能将爱情进行到底的。你看他现在就那么凶地朝我吼，到底是一枚戒指重要还是我重要啊？这样一想，她也生气了，一跺脚，起身就走，满大街乱逛，希望王欣追出来，拉她回去。女人都要面子嘛！

没想到王欣看她一言不发，一点知错的样子都没有，气更上来了，干脆不去追她，倒头躺在床上生闷气。

午夜寂寂，新娘在城市游走，一路眼泪。现在能到哪里去呢？新婚之夜跑回娘家，父母也要笑自己的。一面想一面走，谁知竟然走到她自己买的那套小户型的楼边上了。

上楼，掏出钥匙打开门，她走进去，关好门。在属于自己的私人空间里，她号啕大哭起来。一个人就是好，哭成了泪人也没人劝。等她哭够了，心情也好了，天也亮了。

平静地回到新房，她对新郎说，我错了，原谅我。新郎找了她一夜，正急得要命，看她回来了，心情也好了，不再追究戒指丢失的事，问她一夜在哪里过的夜。她说，回娘家了。

事情过去了，她心里的结也落下了。那就是，她觉得结婚太莽撞，对王欣真的是了解不够。因为恋爱时，他对她几乎是百依百顺，脾气那么好。所以，她就认为他是天生的好脾气。其实不然，哪个男人没点脾气呢？但恋爱中的男人，都那么愿意迁就心上人的种种要求，这很正常，也很自然。但结了婚，居家过日子，真实的一面自然也就显现了。这同样很正常，很自然，但柳倩就是接受不了王欣的这种变化。也因此，她心里对婚姻也不再看好。所以，思前想后，她最终也没把自己买了套小户型的事告诉他。

后来她把私房钱也放到那里了。有了“小金库”，她经常买高档化妆品和精品时装武装自己。老公王欣心生郁闷，觉得她不够节俭，吵架因此而不可避免。这一来，她哭得梨花带雨，更觉得自己嫁错了人。她一怒之下，身心俱出轨，和初恋情人刘伟黏到了一起。还是因为有现成地方“备份爱情”，她干脆周末才回家露个脸。纸毕竟包不住火，风言风语传到王欣耳中。面对王欣的质问，她无言以对。

事情闹大了，初恋情人立刻人间蒸发，再也不见踪影。她两头落空，孤独寂寞，才品出婚姻的滋味。那就是，爱要真诚。既然决定一生相守，那又何必为爱情留后路？！实际上，就是因为留有后路，所以爱情向前的路反而被堵死了。爱是纯真的灵魂相依，爱是两个人一起面对未来。爱是将身心完整地交给对方，爱是心灵的相知、精神的默契、思想的共鸣；爱是忘却自己，一心为对方着想。如果达不到这种境界，爱便不够纯粹，掺了杂质。而掺了杂质的爱，如同达不到标号的水泥，勉强也可建房，但最终围城一定倒塌。何必为爱情留后路？爱一个人，就是真心相许，携手未来。

这一次，她认真检讨自己，悔恨不已。知道王欣的心已难挽回，所以约他出来，和他好好谈了一次话。这时，她才知道，原来新婚之夜，王欣已得知她背着自己买了一套小户型的事，心中五味俱全。他说，你买房我不反对，但你不应该瞒着我。是你对我的不信任，对婚姻的没信心，导致我朝你发脾气。更何况婚戒是一种象征。戒指丢了，我觉得我们的婚姻前景也很不明朗，所以心里烦恼，对你大吼大叫，就是想把婚戒找到。其实，你知道吗？我一直希望你向我坦白，告诉我你买了一套小户型的事。但我最终失望了。有了这套房子，你情绪不好，不想理我时，就跑到那套房子里，和我进行冷战。这使我心理极度疲惫。我总在想，如果没有那套房子，你能够直面我，我们一起探讨、交流，你就不会走到这一步。我承认，直到此时，我还爱着你。但是，我接受不了你和初恋情人缠绵的事实。你知道他为何人间蒸发吗？因为他早就结婚了，他有老婆、孩子，他不可能离婚娶你的。

她听了，如梦初醒，这才知道自己被骗了。所谓的浪漫邂逅，其实是刘伟一手操纵而成。到了这时候，她才真实地感受到王欣的豁达与宽容，才真正地感受到什么是真正的爱情。她对王欣说，请给我一次机会吧，原谅我所有的过失。王欣郑重地点点头，说，我相信经历了这么多，你会变得比以往成熟。

两个人手牵手回了家，手牵手把那套小户型的房子卖掉。让爱情在阳光下灿然绽放多好，何必为爱情留后路呢？让爱情一路向前，人生何等幸福与美好啊！

爱是一条蓝围巾

和所有人一样，他们轰轰烈烈地相爱，然后幸福地步入婚姻殿堂。随着时光推移，生活呈现原色，那就是平淡。每天同一时刻出门上班，她向东，他向西。每天下午，几乎同一时刻下班回家，她做饭，他看报纸。晚饭后，一起看会儿电视。生活的按部就班，最容易产生审美疲劳。渐渐地，他看她的眼神就有了细微的变化。他对她的抱怨，逐日增多。为什么总是穿同一件衣服，连式样也不愿改变一下？为什么从来不化化妆，总是素面朝天？她问他，你是不是在外面有人了？

他还真的是在外面有人了，年轻漂亮，百灵鸟一样活泼可爱。

雪花纷纷的午后，他赶回家，面无表情地递给她一张纸，说："签字吧。"不用看，她也知道那是什么东西。她看着他，有泪，静静地流下来。他的心，一瞬间有点软，可想到可爱的"百灵鸟"，心自然有了抵御泪水的力量。他说："签了吧，好聚好散。"她低着头说："为什么？难道我对你不够好？""不是，是我对你不好……"她泪光盈盈地对他说："不急，吃完晚饭再说，我做了你最爱吃的清蒸鱼……"他说："好，没问题。"

吃过晚饭，洗完碗，她顺手抄起没织完的围巾织起来。湖蓝色，他最喜欢的颜色。其实，如果没有心中的猜疑，早就织完了。正是因为心有疑惑，她才织织停停。手中的织针像一个问号，一下下戳在她心上。现在好了，一切都有了答案，心不再思索，手自然就快了。

“现在没事了,你可以签字了吧?”他又把那张纸递过来。“急什么?给我十分钟,保证你这个冬天温暖如春。”他有咽喉炎,一到冬天就咳嗽,所以这围巾真是他需要的。她织几下,拿远一点,看一看,两手抻着,试一试松紧的程度;再拿近一点,继续织。织针来回穿梭,手法灵巧娴熟。

他坐在她身边,一颗心沉入记忆。一年一条围巾,颜色不同,却代表着相同的心境,那就是爱。

围巾织好了,她为他细心地系在颈间,左看右看,说,“这下好了,这个冬天你不会犯咳嗽了。”她的话语带着一丝无奈的哽咽。他的手,轻抚着这条“温暖”牌围巾,心中激情荡漾,那久违的爱的感觉,静悄悄地回归。缓缓地拥她入怀,他说:“你愿意每天早上都帮我系好这条围巾吗?”

她定定地望着他,不相信自己的耳朵。半晌,她仰起脸,含泪微笑着对他说:“我愿意。”

围巾织就爱情。婚姻中的每一个平凡的日子,因为一条围巾,而变得浪漫起来。

一双手套的浪漫

她在邮局工作，每天都要接待许多寄包裹的人。有一天，一个阳光大男孩来寄东西。她照例进行检查，打开精致的包装盒，里面躺着一双白色的手套，女式的，小巧的，很别致。她疑惑地问他："就寄一双手套？""是啊。""你是在校大学生吧？""是啊。"

她知道学生钱少，就善意地提醒他："大老远只寄一双手套，有点划不来啊。普通邮寄，13元。加急，37元。""我要加急。""是给女朋友寄的吧？"

帅气的大学生羞涩地笑了笑，点点头："是的。下雪了，我怕她没手套戴，把手冻坏了。"

下班回家，她将这件事细细地讲给老公听，羡慕地评价说："看看人家，多浪漫。一双手套，情人节的礼物，多可爱！"老公说："这有什么浪漫的，一双手套而已。"她说："你懂什么？我仔细看了一下，他寄的那双手套，针织的，不贵，买一双，最多也就5元钱。可是他寄加急，37元钱呢。"她总结道："浪漫就在这里——寄的东西还没邮费贵，才能看出人家的真心和爱啊！"她很认真地问老公："如果有一天我去了外地，你会不会也肯花这个钱，千里迢迢寄双手套给我啊？"老公不以为然地说："我才没那么傻呢。有这闲钱，买只卤鸡吃吃多好。还有，如果有一天我真的去了外地，应该你给我寄手套才对嘛！还有，你又不是小孩子，天冷了，自己买双手套戴还不知道啊？你自理能力也太差了吧？"

她听了，一言不发，气红了脸。老公说："开个玩笑，你别当真。"她勉强一笑，那笑，真的比哭还难看。

事情就这样过去了。可这件事却让她想了许多。渐渐地，她觉得老公真的很俗气，一天到晚只想着吃什么饭，周末到哪里玩，婚前的那点浪漫早成了久远的回忆。生活越过越乏味，有一天，她提出离婚。他要她给一个理由。她说："我不想跟一个俗人过一辈子。"

分手后，他去了南方。那年冬天，雪下得很大。有一天傍晚，她收到一个包裹，打开来，是一双精致的手套，红色的，厚实而美丽。

是他寄来的。

她这才明白，对一个心中有爱的男人而言，爱一个人，体现在行动上。原来，不善言语表达的他，一直是那么的爱她！

最好的生日礼物

老公平时不爱干家务，说什么男主外女主内，女人在家就是应该干家务的。我说，男主外，外面能有多少事？不就上个班嘛！女主内，干脆把我累死算了。但无论我怎么说，老公雷打不动，吃完饭，碗一推，坐沙发上看球赛去了。

为了改变现状，我上网淘来了一只家务骰子，六个面各写着“买菜”、“做饭”、“洗衣”、“洗碗”、“擦地”、“发呆”的字样。

我对老公说，敢不敢跟我掷骰子玩。老公一笑，说，那有什么不敢的？!拿过来一掷，正好掷了个“发呆”。我不服气，拿起来一掷，掷到了“洗碗”。老公笑得前仰后合，说，没招了吧？掷骰子，你不是我的对手。

没办法，愿赌服输，我乖乖去洗碗。

周末，老公说加班。我只好进了屋就做饭。饭好了，老公还没回来。我去老公单位一看，老公正在办公室里，一个人刻苦练掷骰子的绝技呢！骰子在手，从高处抛下，一遍一遍，那个认真、专注，练了半小时还不嫌累。我鼻子气得都歪了。原来如此，怪不得我总是输。我进去说，算了，别练了，以后所有家务还是我来干吧。

每天白天上班，晚上做家务，整天忙碌，我终于病倒了。老公不得不承担家务，洗衣、做饭，整天忙个不停。他握着我的手说，原以为家务不累人，其实好烦琐。老婆，你辛苦了。

生日那天，老公早早去市场买了鱼虾和蔬菜，回家就择菜、洗菜、切菜，忙个不停。我心里感动极了，对他说，老公，你辛苦了，我来炒菜吧。老公说，要不这样，咱们还是像以往那样，由骰子说了算。说着，他拿来两个骰子，我们一人一个。他一掷，是“做饭”。该我掷了，一掷就掷了一个“发呆”。我仔细看了一下，原来这两个骰子是老公亲手制作的，一个上面写满了家务活儿的名称，一个六个面全是“发呆”。

原来，这是两枚“爱情骰子”。紧紧地拥抱老公，我说，这是我收到的最好的生日礼物！

我的爱情在粥里

当初嫁给他的时候，我曾羞涩地问过他，你最爱吃什么饭？他一脸向往地说，我妈熬的粥。我打趣他，啊，你们南方人就是爱喝粥。他拥我入怀，轻轻地在我额头印下一吻，说，你没听说过这句话？抓住男人的胃，才能抓住男人的心……

这话我当然听说过。

此后的每天清晨，我都像模像样地系好围裙，下厨为他熬粥。失败的次数真的很多。比如说，他曾说过，熬粥呢，米不能太多，伸手抓一把就够了。水呢，要一次添足。可我总觉得，掌心里这一点米，喂鸡都不够，怎么能够两个人喝呢？所以几乎次次超量。舀米的碗本来就大，我舀一碗在盆里，觉得少了。再加一碗，还不算多。这样一来，稀粥熬出来就像干饭。他看了直摇头，倒是照吃不误。

我见过婆婆熬粥，水开了先下米，然后放一些洗净的葡萄干。熬出的粥，香甜软糯，黏稠爽滑，真好吃。我决定创新，熬粥的时候放进洗净的杏干。粥熬好了，模样不错，橙红色的一锅。可是喝到嘴里，真能让人酸倒牙。他勉强喝了两口便放下了，说，你技术不行，还是我妈做得好吃。我听了，低下头委屈地想，你这人怎么这么难侍候啊？

日子静静地流淌。有一天，我发现自己的眼角出现了第一道皱纹。我的心一阵乱跳，轻叹一声，真是时光如流啊。

我也才突然想起，已经好多天没给他熬粥喝了。我是北方人，爱吃面食，本来就喝不惯米粥。而他近来一直忙，早出晚归的，也很少在家吃饭。我想，这样也好，省事省心。同时却又无由地想，他现在这么神秘，到底在忙什么呀？

一个人的时候，我常常自责地想，这都是自己的过错。身为妻子，却烧不出一锅合格的粥，难怪老公一去不回。我深感对不起他。系上围裙，进了厨房，重新尝试煮粥。

很多的日子就在粥的沸腾声中过去了。我尝试做各种粥，一边守着咕嘟作响的锅，一边深情地想念着他。记忆如流，从我眼前一幕幕掠过。

一天傍晚，刚熬好一锅皮蛋瘦肉粥，他回来了，要跟我分手。

手在颤抖，一碗粥泼在地上。

就这样各分东西。

他说，从此以后，我再也不喝粥。

我说，可是，我现在已爱上了喝粥，一天不喝都不行。

望着他远去的背影，我知道，他还会回来，只要我能够做出一锅香喷喷的粥就成。抓住男人的胃，才能抓住男人的心。他的话，在我耳边回响。

我在城市一隅开了一家粥吧，名叫爱情粥吧。朋友问我，粥吧就粥吧，跟爱情有什么关系？我说，有关系。你看，我的生活中，有粥可以饱腹。可我的心灵要健康，就需要爱情的滋养。

我的粥吧种类繁多，有肉粥，有豆粥，有八宝粥、黑米粥，还有水果粥，以及各种时令蔬菜粥。粥吧的招牌上写着两行小字：爱情离我们很近，只在一粥一饭、一饮一啄里。

一天傍晚，粥吧来了一位客人，看上去那么疲惫，脸上现出沧桑的痕迹。他要了一碗皮蛋瘦肉粥。香香甜甜地吃完，付了钱，临走时提出要见老板一面，他想当面夸赞这粥做得好。

我从里间出来，一眼望见他，眼角立刻湿了。是他，我深爱的那个人，久违的那个人，一直在梦里出现的那个人，永远也忘不掉的那个人。

他像个风尘仆仆的旅人，满眼辛酸。抖着嘴唇叫我的名字，他说，爱情粥吧，好名字。你开的？

当然，我平静地答道。

岁月如歌。如今的我，也是个有故事的人了。

为什么叫爱情粥吧？

很简单，因为我的生活里独缺爱情。

他的泪静静地流了下来。

你一直在这里等我？

是，等你静下心来，慢慢喝光这碗粥。

他拉着我的手，无语泪流。

我知道，一个漂泊的灵魂，终于靠岸了。

我的爱情在粥里，只有他明白。

棋迷的爱情

小城不大，街头有一个棋摊，他摆的。

棋摊边，一块白色硬板上写着一行字：“本人打败小城无敌手！赢了，您给一块；输了，十倍奉上！”

有不服气地说：“嘿，你小子话大呀！”一边说，一边挽起袖子，一屁股蹲下，叼上根烟，双目圆睁，恶狠狠跟他比试。

他气定神闲，从容不迫地盘腿坐着，轻声说一句：“三局两胜。”然后，稳稳地走棋。

结果都是挑战方站起来，丢下一块钱，叹两口气，跺三下脚，拍四下脑门，走了。他拿起一块钱，轻轻一掸，含笑装进自己衣兜。他是下岗工人，就凭这本事混饭吃呢！

一天傍晚，他闲得发慌，刚点着了当天的第十三根烟，就见摊对面蹲下一个女的。

懒洋洋地，他抬头看了她一眼，唔，人长得还挺漂亮的。他忽然想起，自己是快奔三十的人了。这样一想，不由得又瞟了她一眼。

他客气地问她：“姑娘，你会下棋？”她盘腿打坐，说：“三岁起学下棋，到现在已经整整二十年了。”

嗯，二十三，好呀！他心头泛喜。

“那道行一定很深了？为什么早不来？”

“怕你输了，面子上下不来。”

嘿！他一拍大腿，指指纸板，有点发急地说：“我说话算数，愿赌服输！”

她点点头，抄起棋子，先来个炮翻山——楚河汉界，厮杀开始！

他存了私心，不想让她输得太难看。第一局，他赢了。

第二局，她赢了。

第三局，他拿出了真本事，结果还是她赢了。

他恨自己没本事，一言不发地丢给她十块钱。她拿起钱转身要走，他叫住她：“再来三局，行吗？”

她站住了，这才仔细打量了他一下——好一个帅小伙！

她问：“输了咋算？”

“请你吃饭。不过，如果万一我赢了呢？”

她爽快地说：“我也请你吃饭。”

他摆摆手，凑近她的耳朵，故作神秘地说：“我有一个要求——等我赢了你再说。”

她想了想，点点头。不知为何，她脸微微红了。结果是两人各赢一局。第三局，他真的拼了命。过河卒子当真了不得，以一当十，先吃了她的马，又端了她的炮。好在她老帅旁边还有个护驾的车，她一个冲动，想张口吃了他的卒，可转念一想，又没吃。

结果她输了。他的小卒子直捣黄龙，吃得她只剩光杆司令一个。他胜利地笑。她开心地笑：“你赢了，有什么要求，你说。”“嗯，做我女朋友怎样？”他腆着脸看她，心怦怦直跳。她脸红得好可爱。“想得美！”撂下这句话她就跑了，清脆的笑声在他耳边回荡。

后来，他们成了夫妻，真是神仙眷属。俩人都爱下棋，没事就下个昏天黑地的。她的棋艺高，常让他一两步。就这样临到要输了，他还厚脸皮，死不认输，一个劲儿地嘿嘿干笑，非说打和了，是平局。她宽容地笑，说，平局就平局。

后来，他有了外遇，非要跟她闹离婚。闹不过他，她哭着说，离就离。我什么都不要，只要那副象棋。

情人成了老婆。她不会下棋，也不让他下棋——她有的是钱，只需要他陪。

他陪她逛商场，按时出去遛狗。他还学会了做饭、熨衣服、浇花，给鱼换水……活像听话的男保姆。虽然每天忙得团团转，他心里却空空的。

一晃三年过去了。一天傍晚，他上街买狗食，回来的路上，看见有人摆了个棋艺摊。棋艺摊边有一块硬纸板，上写："本人打遍小城无对手。赢了，您给一块；输了，十倍奉还！"

他走了过去，看见一个女人盘腿坐在棋摊边——果然是她！

他慢慢地蹲下，把狗食放在一边，静静地望着她，眼睛有点湿。

看见他，她垂下眼皮，又倔强地抬起头死盯着他。她眼里的内容，他看不太懂，但他却能真实地感到一点——她过得并不好。

"下岗了？"他低头看地，问。他掏出烟盒，抽出一根烟，却怎么也点不着——拿打火机的手抖得厉害。

"嗯。"仿佛蚊子哼哼，她低声作答。然后，转过头，她执意不再看他。

"好久没下棋了，今天好好杀一盘！"他像下了多大决心似的，重重地说出这句话。

"好！"她眼里盈着泪，举起棋子，却说："你先下吧！我让你两步。"

一句话，过去的一切全回来了。他觉得心里满满的。

凝神注视着棋盘，他心里这样想："一切都该结束了……不，让一切从头开始吧！”

这样想着，他伸手拿起狗食，认真地看了一会儿，然后微微一笑。举起来，他把那袋东西干脆利索地扔进了垃圾桶，觉得浑身一下子轻松了。

他盘腿坐下，点着了烟——奇怪，这会儿手倒是不抖了。畅快地猛吸了一口，他笑着说：“我先就我先……不要你让我两步。嗯，如果你刻意让我，一步就行啦！”

她也笑了，含着眼泪。

寻找爱情沙

老公曾答应我，有一天等他不忙的时候，一定陪我去看海。我耐心地等，可是老公一直那么忙。寂寞午夜，打开电脑，我像一条鱼，滑进了深深的网络的海。在一间间聊天室游走，我像夜空中漫漫飞翔的精灵。就这样，我认识了"来自青岛海滨的一粒沙"。

咦，为什么叫这么古怪的名字？我敲击键盘，写下自己的疑问。因为我在等待爱我的另一粒沙。心在一瞬间几乎停止了跳动——你也知道一粒沙的美丽传说？那当然。说说看。

好吧，你听着。几百万年前，在一个平静的海底，一粒沙暗恋着另一粒沙。等了好久，她终于决定靠近他并告诉他，她是多么的爱他。不巧她却被一阵海潮卷走，后来被贝壳包住。多少年后，她变成一粒珍珠，被人捞起镶在了皇冠上。后来皇冠被人盗走。在海上，船翻了，她重归大海，可是却再也找不到海底的那一粒沙。再后来她被人捞起炼成了金属，制成了宇宙飞船进入太空。她望着无边的宇宙，在浩瀚的太空中不停地思念着在地球的某个海角，几百万年来都深爱着的那一粒沙……

心弦就这样被轻轻拨动，心底荡漾着深深的感动。那干枯于心灵深处的那朵心花，因了这来自另一颗心灵的悉心浇灌，甜蜜地绽放了。一声轻叹，我问，你可是我一直寻找的那一粒沙？也许吧。我想听听你的声音，可以吗？静静地，电话号码出现在眼前。

颤抖着手，拨通了那个陌生的号码。果然，那温和的男中音，亲切，温存，立刻在耳边响起：我真希望我就是你生命中的那一粒沙。

我微笑，眼里泪花晶莹。

两个月后的一天，我告诉他，我将去青岛出差。他欣喜若狂：好呀，来吧，我带你去看海。

车到青岛，他来接我，殷勤地接过我的行李箱，笑容灿烂地带我去了他家。一进门，扑面而来的女人的气息立刻让我感到一种莫名的恐惧。你不是说你单身一人吗？

尴尬地一笑。那什么，我不是特想成为你生命中的那一粒沙吗？所以我……

那天晚上，我住进了一家旅馆。窗外就是碧波荡漾的大海，而我，此时此刻，却突然对海失去了兴趣。时值深夜，床头灯闪着暧昧的光，像诱惑我的一只眼。

他凑近我，想吻我。我说，回去吧，家里有人等你。

他一愣，掏出手机开始拨号。喂，是我，我今晚加班。你别等我了，早点睡吧。

我冷冷地道，回去吧，加班太辛苦，还是免了吧。

他走了。

天亮了，我直奔他的家。在他家楼下，我停住了。他们一家三口出来了。他跟妻子有说有笑，他的儿子笑得很甜。

我一个人去了海边。青岛海边，温柔的像一个梦。天那么蓝，几近透明。海那么蓝，沉静如潜心构思诗篇的诗人。沙滩上，我捧起金黄的沙，紧紧地握着，沙便流泻如水，几秒钟就让我手中空空。

这一刻，我身心释然。一直以来，我都生怕爱情长了翅膀会飞走，便对老公严防死守，使得老公仿佛高天黄鹤，一去不重返。原来我的爱情沙，两手捧着便好。这样，它会一直在，不会流失。我的爱情沙，这世间绝无仅有，独独属于我的那一粒，没人能抢走。

在青岛海滨，我终于明白，我的爱情沙，是一粒有磁性的沙。它受我吸引，最终会回到我身边。坐在青岛海边，我独自微笑。

我回家了。

午夜时分，眼望窗外的繁星，我毫无睡意。枕边的手机铃响，闭着眼摸到手机，摸索着打开，耳边传来老公的问候：回来了？青岛好玩吗？

挺好玩的。

带回来点什么？

一把爱情沙。

爱情沙，什么东西？

几百万年前，在一个平静的海底，一粒沙暗恋着另一粒沙……

静静的夜空中，半晌，传来老公的声音，声音有点哽咽：原来是这样。明天，明天我一定回来，看看你带回来的神奇的爱情沙。

好的，我等你回来。

关了手机，我在黑暗中幸福地微笑，眼角泪花晶莹。

幸福三秒钟

他们相识于网络。两个人都不富裕，虽然，他们极想相聚一处，但千山相隔，想见一面都非常难。他们就开始一起存钱。经常地，他对她说，亲爱的，我今天加班，多赚了50块钱呢。

她则欣喜地告诉他，我的一篇文章发表了，赚了200元稿费。他们幸福地期待那个浪漫的相逢之期。他们打算去人间天堂杭州相会。

他在黑龙江，她在新疆。

他们是那么幸福地计划他们的爱情之旅。每一天，两个人都很快乐。

可是，有一天，她打电话给他，哭泣着对他说，忘了我吧。

为什么？

原来她意外地患上了一种难治愈的病，要治好病，就要花许多钱。她有了轻生的念头。

他听了，一声不吭，把好不容易积攒的那笔用来旅行的钱寄给她。他说，我们的相逢来日方长，你要有信心。钱不成问题，我来解决。

他身兼六职，拼命赚钱。

她听他的话，住进了医院，积极配合医生治疗。她的亲人对治愈不抱希望。可是，爱情创造了奇迹，三个月后，她病愈出院了。

他们幸福地相逢在人间天堂杭州。朋友们在祝福他们的同时都想知道这个爱的奇迹是如何出现的。

她羞涩地说了实话。原来,因为长途手机话费太贵,为了节约钱给她看病,他想了一个办法,让她每天都能感受到他的存在,而不用花钱。他深知,精神的力量是无穷的。这个办法就是,每天晚上十点整,他拨打她的手机三遍,让她感受他的关怀。她事先将手机调到振动状态。当她的手机响时,她就万分幸福,觉得自己并不孤独:在遥远的东北,她心爱的他在向她传送爱意。手机响三遍,意思是,我爱你。

手机振动时发出的嗡嗡声,以及微微的震动,让她格外感动。那是他别致的爱的表达。也就是说,此时,他在想念她,祝福她的病快快地好起来。

这是爱的智慧的真情表达。每天晚上十点,来自于手机准时产生的震动,维系着相隔千山的两个人的爱情。

手机响三遍,表示我爱你。这幸福的三秒钟,就这样,于不经意间创造了一个爱的奇迹。

给爱一段合适的距离

老公常年在外施工，我深感寂寞空虚，心中有无数的委屈。虽然常接到他的电话，依然觉得这份爱没有保障，自己这份孤寂的日子何时过到头啊？

结婚八年后，老公调了回来，夫妻朝夕相处，却经常吵闹，彼此都觉得心烦。后来，两个人都想到了离婚，只因为儿子的存在，这话一直没说出口。将烦恼说给朋友，朋友笑说，这是因为夫妻在一起，便没有了距离。一点距离都没有，人便会产生窒息。恍然大悟之余，心里就有跟老公保持一段距离的愿望。

正好老公又要去外地施工。一边给他准备行装，泪花晶莹；一边还强装笑脸，对他说："不要想我，我会善待自己。"老公点头，出了门，头都不回。

一晃三个月过去，老公音信皆无，我终日以泪洗面，疑他有了婚外情，疑他已将我忘却。朋友说："不要急，给他一段时间独处。不要理他。你越依恋他，他就越烦恼。既然已将他放飞，如果他是风筝，便索性连线也扯断了，尽他自由飞翔。"我问："若风筝一去不回头，又当如何？"朋友答："若爱已不在，要他有什么用？只管彻底放手，也别做一世怨偶。"我至此心里便明白了，是自己的，别人夺也夺不走；不属于自己的，抢也抢不到手。

心静如水，日子一天天地过去。捡起了自己失落多年的写作，在电脑键盘上敲出一篇篇文章打发时光，日子过得既充实又快乐。

半年后，老公打来电话，情深意重，句句真情：“感谢你给了我一段相对平静的时光，我将我们的过去及现在都透彻地想过了。我发现自己离不开你，这辈子我愿与你携手度过。”

我明白了，彼此间的这段距离其实恰到好处。这段距离，让我拥有他一生的爱。

而这距离，说穿了，就是善待自己。老公不在的日子，好好地爱自己，这才会让那个爱你的人更加敬重你，也更怕失去你。哭哭啼啼地赖在一个男人身上，整天问他“你爱我吗”，哪个男人都受不了的。夫妻之间刻意留出一段距离，好好地珍惜自己。只有这样，那个爱你的人才会更加珍惜你。

定期模拟离婚

婚姻如围城。想当初，爱上了他，打破头地要冲进去。

婚后的生活琐碎、具体，琐碎到一日三餐都得要打理，具体到柴米油盐样样要俱全。日复一日，我开始觉得腻烦，心里有一个念头很自然地出现，并且从此挥之不去。那就是，婚姻生活原来竟是如此，这跟当初我梦想中的样子完全不同。

长夜难眠，我在心里勾画我想要的幸福生活：清晨，他去晨跑，顺路带回来刚炸好的油条，热腾腾的豆浆；午后小憩，慵懒地斜倚窗前，听一段优雅的音乐，让它伴我进入甜蜜的午睡；晚上，下班回家，看见他系着围裙，端一碗香喷喷的热汤，对我说，来，尝尝我的新创举，营养美容汤。

之所以如此向往这些，是因为结婚后才知道，原来他什么家务也不会干。家务太折磨人了，它可以让粉光润滑的女人，渐渐变成人见人厌的黄脸婆。这不能怪我，哪一个事无巨细操持家务的女人，有那闲空梳洗打扮？

起初他还辩解，男主外女主内，我确实不会干家务。后来嫌我唠叨，干脆一句话也不说。任凭我大吼小叫，他只当听不见，该干什么干什么。再后来，他就不常回来了。我疑心他有外遇，张嘴就说："早就知道这世上男人没一个好东西！"他悠悠然地深吸一口烟，不动声色地问："那么，你为什么非要嫁给我？"

"我后悔了行吗？离婚！"离婚这两个字一出口，我就猛吃一惊。此时,我才突然想到,原来这两个字,早在我内心深处盘旋,如高空的雄鹰,一直存在。原来,潜意识里,我早就想到了离婚。

他一愣,瞬间,脸色变得很难看。"什么?！离婚,你再说一遍！"

"离婚,我要跟你离婚！"

吼出这两声后,我的心情平静多了。是的,我的心,已经承认了这两个字的存在,我已经不怕这两个字会伤害到他了。我不再疼惜他,也不关注他的感受,我只想痛痛快快地离婚。

他说:"给你三天时间,你考虑一下。三天后,如果你还坚持,那我们就离婚吧。"三天后,我们分手了。拿到离婚证,我感慨不已。

"祝你幸福。"他说。

我头也没回,走了,什么也没要。我租了一间房子住。每天的生活很单调,朝九晚五,忙忙碌碌,心是那样空。

一天傍晚,散步时,不由自主地走到了昔日的门前。门,竟然开了。他,望着我微笑:"想家了吧?"泪,静静地流下来。"我们复婚吧。"

他拿出离婚证,两把撕得粉碎。你别这样……他笑了,这离婚证是假的,我托朋友办的。说着,变戏法似的,他从抽屉里拿出两本结婚证,那是我们的结婚证。

"这是怎么回事?"他坏坏地笑:"这是时下最流行的一种调剂夫妻关系的方法,叫模拟离婚。怎么样?感觉如何?""你真坏。""这年头,男人不坏,女人不爱嘛。"

那天晚上,我们谈了很久。为了让爱情永久保鲜,我们议定,每两年模拟离婚一次,每次时间为三个月。在这三个月中,双方各过各的,经济独立,不做任何方式的联系。以后,我们就这样实行了。

两年过去了。我们按约定进行了模拟离婚。我从家中搬出去，租了房子住。手机换号，不再上网，断绝与他的所有联系。

在这三个月中，每天晚上，我都对我们的整个婚姻过程进行反思。婚姻要长久，爱情就必须更新，两个人常在一处，看到的就只能是缺点了。生活的烦琐，家务的沉重，谁都难以承受。而分开一段时间，思念充斥脑海，记忆如潮，令我想到他的许多好处。最重要的，是坚定了爱他到底的决心。

三个月的时间不长不短。当我走进家中，惊奇地发现，我们的家，一尘不染。原来，模拟离婚，也让他有了改变。

清晨，他去晨跑，顺路带回来刚炸好的油条、热腾腾的豆浆。午后小憩，慵懒地斜倚窗前，听一段优雅的音乐，让它伴我进入甜蜜的午睡。晚上，下班回家，看见他系着围裙，端一碗香喷喷的热汤，对我说："来，尝尝我的新创举，营养美容汤。"

我的心，盛满了幸福的叹息。原来，幸福离我并不遥远，只要有三个月的距离，就可能达到。

非诚勿扰的情感课堂

喜欢看《非诚勿扰》节目，觉得很受益。台上24位女嘉宾选择恋人的过程，牵动我心。因为关于爱情与婚姻，虽年已不惑，我也依然有困惑之处，需要开解。而这台节目，与其说是相亲，不如说是对情感问题的具体剖析与深刻感悟。因为面对具体的人，你必须在很短的时间内作出判断，决定接受或拒绝。

有的男嘉宾，帅气潇洒，一上来就背诗、唱歌或热舞，甚至还有一上场就先秀一段武术拳脚的。第一印象非常重要，来闯关的男嘉宾当然知道。还有一上场就先给每位女嘉宾各送一朵娇艳玫瑰的，细节上的关怀，自然也无可厚非。只是这样的开场秀，仿佛精美的包装，如果内容不硬，女嘉宾自然个个不买账。

有人宣称来找“灵魂伴侣”，夸夸其谈，海阔天空，结果被集体放弃，原因是浮夸，太不真诚。在选择伴侣的问题上，女嘉宾个个独具慧眼，不会被外表的帅气潇洒迷倒。生活本来就很现实，夸夸其谈填不饱肚子。对方的收入、薪水，有房无房，是女嘉宾们首要考虑的问题。如果收入不高，又没房子，成功的概率就很低。有个在夜市摆摊的男孩，青春阳光，想找一个愿与自己一起去夜市摆摊的女友，一起奋斗，实现梦想，开大型连锁超市。但是，最终他失望了，所有的灯都灭了。

有一个律师，手中有6套房产，家有名车。他斯文洒脱，彬彬有礼。他说，想住哪里都行，我有房。他对女朋友要求也很高，但还是找到了，一个漂亮的女孩子和他牵手而去。过了些日子，他又来闯关了。孟非问他，没成吗？他说，一言难尽，继续“战斗”。可见，即使有才有貌，有房有车，爱情的胜算也不是很大，因为爱情可遇不可求。

有一位男嘉宾，工资不高，但资助一位女笔友，乐此不疲。一晃十年过去，女笔友先读大学，后攻读研究生，全是他寄去学费与生活费，支撑着她的人生。十年中，因为两地相隔甚远，为了省下钱寄给她，他克制思念，很少去见她。痴情至此的他，终于等到洞房花烛夜。但婚后第三天，新娘即启程奔赴海外留学，临走时留下一句话：“感谢你多年的付出，以后我会报答你的。”说出这个故事后，全场的灯相继都灭掉了。孟非问他，你觉得她真的爱你吗？他说，我不知道，不清楚。乐嘉说，你到最后还不知道她是不是真的爱你。那只能说，她不爱你，她只是利用你。

有位男嘉宾很介意来自单亲家庭的女孩子，公开声明不考虑这类人。有位女嘉宾流着泪说：“我觉得你对我们单亲家庭的女孩子有偏见，甚至有点歧视我们。你知道不知道，父母离婚是我们心中最大的隐痛。谁不愿意家庭美满？我心中最大的愿望，就是有一天能跟父母一起吃顿饭。其实单亲家庭的孩子更渴望爱的滋养、爱的温馨呵护啊！”她的话引发全场共鸣，现场观众热烈鼓掌，赞成她的话。而那位男嘉宾也深受触动，对大家说：从此以后，我将不再介意对方是否是单亲家庭的孩子。因为这世上，心中有爱即幸福。

不经意间，《非诚勿扰》成为情感课堂。它让人的心灵不断成长，让人的精神世界不断丰富，让人更热爱生活、珍惜幸福，向往真情、渴望真爱。

第二辑

JINGPINZHENCANG

平平淡淡才是真

人生路上，当轰轰烈烈的爱情最终修成正果，当两个人如愿结为夫妻，那不是幸福的终点，而是人生的一个新的起点。携手前行的日子，平淡相守，时间长了，不免显得单调乏味。左手摸右手的感觉，让婚姻中的一方期待新的浪漫相遇。在这种时候，不妨回首从前，细数那些幸福的往昔时光，把想要开小差的心悄悄拉回，使之重回婚姻的轨道，非常重要。懂得珍惜、体贴爱人，面对诱惑从容拒绝，才是对婚姻切实的尊重。

幸福就在一双手上

与一段婚姻告别，她的心里，不无悲伤。也正因此，她对婚姻有了惧怕。那曾经的种种婚姻的裂痕，在她心里，无限放大。她想不明白，那样地去爱一个人，为他坚守，专一而痴情，换来的却是无情的嘲笑与抛弃。也许，命中注定，应该一个人生活的，她想。

所以，当一个平凡的男人走进她的视野，对她说，天天从你窗下经过，只是为了仰望你的身影时，她被他感动了。认识他，四年来，经常见他在院子里进进出出，她都以为，只是路过，却不知道，这一颗真心为着靠近她，在不停地努力。不停地搬家，不停地换工作，只为了离她近一点，再近一点。从四年前的那天，他第一次偶然看到她起，她就在他心中扎了根。

这就是爱。

两个人都是单身，再婚其实很简单。

经历了风雨和坎坷，生活终于归于平静。他是个恋家的男人，工作又很稳定，每天朝九晚五，雷打不动。每天下了班，顺路去市场买菜，然后下厨烧饭。两个人吃完饭，一起看电视，或玩电脑游戏。然后，相拥着入睡。

每天清晨，他去买早餐，叫醒她，一起吃饭。然后，他去上班，她在家里看看书，浇浇花。中午自己吃，晚饭和他一起吃。

这样平静的生活，日复一日，她觉得单调。她常常静坐阳台，望着窗外的人流熙攘，对自己说，如果你是笼中的小鸟，是否应该放飞自己？

邻家的女人，全职太太，每天坐宝马出入，衣着光鲜。午后约她打麻将，她客气地推辞。富有的邻家女人怀抱一京巴儿，跟她闲聊几句，就要给狗买狗食去，脚步匆匆。她笑，你比我可忙多了。邻家女人苦笑道，可不？再好的保姆也赶不上我照顾他尽心啊！一天到晚，我哪有闲时候，洗衣，做饭，熨衣，拖地，浇花，养鱼，喂鸟，吸尘……每天只有午后稍闲，打会儿麻将也不安心。煲中还炖着排骨汤呢！她说，这就是一个女人的幸福生活，烦琐，平凡，细致。你知足吧！邻家女人笑着伸出操劳过度的双手，没有光泽，粗糙像砂纸。她说，这就是幸福的代价。邻家女人很自然地拉起她的手，羡慕地说道，看看你的手，多么绵软，光滑，你老公一定非常疼爱你。一刹那，她的心无比震撼。原来，幸福与否，看女人的手，就知道。

站在自家阳台上，她第一次认真地看自己的手。细嫩，光洁，水葱一样。她温暖地想起自己的那个平凡的他。他疼爱她，连碗都不让她洗，说，女人的手，就是男人的脸面，一定要保养好。他去做饭，洗碗，买菜，拖地……她在一边听音乐，看小说。

傍晚，当他提着菜进门，她第一次主动去帮他择菜。饭后，她抢着洗碗。他惊奇地问，你是不是生我的气了，要离开我？她说，不是。我想你的手，老这样下去，会变得粗糙的。

老公听了，转身给她一个大大的拥抱。两双手，就这样，紧紧地握在一起。

执子之手，与子偕老。彼此的心中，都有幸福的歌儿在欢唱。

只要洗好一只碗

与心爱的人分手，让我心灰意冷。朋友说，去参加恋爱培训吧，2500元一期，两天的课程，保管你受益匪浅。我笑了，这年头，含蓄算完了，恋爱都有章可循了。朋友说，现在时间就是金钱，谁有空儿慢慢谈情说爱？直奔主题，短兵相接，行就行，不行就拉倒。我说，这叫作快餐爱情吧？

拗不过朋友的好意，我交了钱，参加了恋爱培训。课程有诗词欣赏，爱情理论，印象制造，交谈技巧，试探手法，前期指导，中期指导、后期指导等。两天的课上完了，我对恋爱更有了心得。熟读爱情诗词，培养优雅气质。第一印象重要，要刻意制造。交谈技巧重要，有脾气也不能乱发。试探对方要巧妙，不要急功近利。恋爱历程要掌握主动，前期浪漫进入，一个苹果也要赞美着吃，说好甜啊。中期感情稳定，可以赞美红宝石戒指了。后期谈婚论嫁，你只需暗示，钻戒就能到手。

单位新来一员工，帅气，成熟，稳重。我一眼就看上了他。对恋爱培训的结果，我要做一次验证。我常于不经意间朗诵爱情诗词，他频频点头，对我投来赞许的目光。我穿衣有品位，总能使他眼前一亮。我保持优雅形象，再大事情也不发火。去他家玩，他请我吃葡萄，我连声赞美，这葡萄好甜啊。其实葡萄味道很酸。阳台小坐时，他一语道破："你受过恋爱培训吧？我也参加过。我早你一期，算是你的师哥吧。"我一听心就凉了，完了，碰上对手了。

吃完晚饭，我想恋爱是没戏了。恋爱培训其实只是教会了我表面的优雅，于追求爱情毫无用处。我想做点什么，以缓和尴尬的气氛。于是我去洗碗。洗完碗，我准备离去。他说，周末你有时间吗？我们一起去南山走走。

我开心无比，我知道，意料之外的幸福降临到我身边了。

我问他，是什么打动了你的心？

他说，你洗碗时的认真。一只碗，在你手里，洗得亮晶晶的，泛着洁净的光。你洗得那么认真，碗底，尤其是碗底，你洗得那么干净。我就想，能够耐心洗好一只碗的女人，一定是个好妻子。

原来，所有的恋爱培训，都没有用。让幸福光临，只需要你认真洗好一只碗就行了。

爱情饺

恋爱的时候，他就特别爱吃饺子。茴香馅的，是他的最爱。他变着花样吃，煎着吃，煮着吃，蒸着吃，越吃越爱吃。在家里吃还不算，逛街累了，我想吃饭，他径直带我进饺子馆，好像没看见我不满的眼神。

婚后，天天吃饺子我实在受不了。有一天，他说，算了，饭都吃不到一起，离了吧！

我的泪，静静地流下来。

我向母亲抱怨，天天吃饺子，谁受得了？干脆离了算了。母亲笑答，吃喝嫖赌的倒好？我看他啊，就这一个嗜好，蛮可爱的呢。既然你改变不了他的嗜好，心里又爱他，那你只能向他看齐，从此爱上吃饺子。

言之有理。深思之后，我向母亲请教，世上最好吃的饺子是怎样的？母亲说，用爱作馅的饺子最好吃。

我想起在重庆旅游时吃过的一种饺子，叫糯米珍珠饺。我很耐心地做这种饺子。在失败了五次之后，我终于掌握了最关键的东西，那就是耐心。

当一笼糯米珍珠饺出现在他眼前，热腾腾、香喷喷的蒸饺让他紧绷得脸慢慢舒缓，一个蒸饺吃下去，他一发不可收。我问他，好吃吗？他说，这是我吃过的饺子中最好吃的一种，它叫什么名字？

我笑道，爱情饺。很自然地夹起一个饺子来吃，啊，真香。从此我爱上了这味美食。

可惜好景不长，他作为援藏干部去了遥远的西藏，一去就是两年。我包好了饺子，放在案板上。白生生的饺子像船帆，鼓足了劲想要飞翔。

我的泪，静静地流下来。

寂寞的我很快就认识了一个有钱又细心的男人。他带我去御饺阁，吃昂贵的鲍鱼蒸饺，真的很好吃。

两年后，他回来了，我却不再蒸爱情饺给他吃。西藏的风吹得他的脸像松树皮，使他的表情显得很僵硬。只犹豫了一秒钟，他说，好吧，我同意。

当我和第二任老公在一起吃鲍鱼蒸饺时，他已离开了人世，是癌症。原来，他知道自己将不久于人世，便物色了一个好男人给我。这样，他才能安心地离开。

原来，我的外遇，其实是他的精心设计。

含着热泪，吃下一个个饺子。我曾经的爱情啊，从此，就在我心里生了根，永远也不会遗失了。

晾晒爱情

她是一个对爱情极其专一的人，天生贤妻良母的料儿，整日相夫教子，自觉女人幸福的最高境界也不过如此。可是有一天，不经意间，她发现了一个天大的秘密，那就是她那么信任的老公，竟然有了外遇。

寂寞长夜，她怎么想也想不通。这么真心对待一个人，原来收获的竟然是冷酷无情的背叛。这样一想，泪水便潸然而下。母亲来看她，立刻发觉她的无奈与伤感。无意对自己的亲人隐瞒，她哭诉了一切。她说，看来，早早晚晚，我也只能和他分手了。爱到尽头，覆水难收。我不知道，我的一颗破碎的心，谁愿意收留？

母亲平静地听，不打断她。等她说完了，望望院子里的灿烂阳光，说，六月六，晒被褥。来，我帮你，把家里的被子晒一晒。

她原本期待听到安慰，听到母亲也骂那个负心人，让她心里舒坦。所以听了母亲的话，大失所望，不想动弹。母亲拉她起来，说，东西老不晒会发霉，人也一样。走，去晒晒太阳。

她极不情愿地翻出家里所有的被褥，和母亲一起，一条一条地晾晒在阳光下。母亲耐心地用手拍打着每条棉絮，说，这样就松软了，不然都揪结在一起了，就不保暖了。母亲看她一眼，意味深长地说，定期晾晒有好处。生活中，需要晾晒的东西很多，包括爱情。

一句话拨动她的心弦。母亲走后，她回到屋里，寻找她与老公相爱的证据。相册里，她与老公亲密相拥。墙上，婚纱照透出幸福与甜蜜。他写给她的信，满满一抽屉。她打开，一封封细细地看，爱的气息扑面而来，更让她感到酸楚。他送她生日礼物，每年都有惊喜，都各不相同。那些包装礼品的精美盒子，她舍不得扔掉，都悉心收藏起来。他不在的时候，因为思念，她写日记，三大本日记，每一页都写满爱。她忽然间明白了母亲的心意。晾晒爱情，才能找出症结所在。那就是，什么时候，爱情悄悄从身边溜走了。因为知道爱情的链环断在了哪里，才能好好地把它重新接起来。

她坐在地板上，慢慢回想她的婚姻生活。是的，原因找到了，是她在生了儿子以后，把心思全放在儿子身上，忽视了他的存在，忽略了他的心理与精神需求。有了儿子后，他们很少做爱，而且很久没有坐下来谈心了。

她知道自己如此心痛，是因为爱他。可是他离开了她，久无音讯。如何让他明了自己的心，重回她的怀抱，她陷入深思。

人海茫茫，哪里找他去？她想起他有喜欢上网浏览网页的爱好，于是决定为他开一个博客，写下自己的心情，让他听到心的呼唤。

她的博客建好了，名叫“晾晒爱情”。每天，她在博客上写心情日记，写自己对老公的爱，曾经的爱恋，点点滴滴，一一道来。虽然她隐去了自己的职业、年龄，但她相信，只要老公上网，这别致的博客名，一定会引起他的注意。晾晒爱情，一个女人的美好情怀，是一定会打动网友的心的。

果然，有个叫“相逢在雨后”的网友看得很仔细。她便直言相告，如果你是我苦苦寻找的老公，那么，请你回家吧，因为我爱你。因为爱你，我原谅你的一切。都是我不好，忽视了你的存在，让你于孤寂中寻找别的安慰。晾晒爱情，我们在网上相遇。每一篇文章，都是我爱的表达，都是我们一同走过的见证。我等你回家。

三天后，老公风尘仆仆地出现在她面前，与她紧紧相拥。什么也不用问，彼此心中，真爱依旧。他们的久别重逢，仿佛冥冥中上天安排。真的是在雨后，他和她同看天边的彩虹。他在她耳边低语：在网上看到了你的真心，那曾经相守的日子让我禁不住泪流满面。你放心，这一生我再也不会离开你。

她感谢母亲教会她懂得定期晾晒爱情。她深刻地感悟到，家里所有的东西，都要定期晾晒，包括爱情。如果不经常晾晒，东西会发霉，爱情会变质。

当爱成为习惯

曾经那样地爱一个人，忍受着身心双重的伤害。不能问他去了哪里，一问就是一顿暴打。不能问他是否有了外遇，他竟然用点燃的香烟烫她的手臂。

这样的婚姻是无法长久维持的。终于，她与那个人分手。

寂寞的日子，她写信，很多信，给同学、朋友、远方的亲人，也就不时地收到回信。那些信，温暖着她的心。

有一天，很惊奇地发现，送信的人不是以前的那个年轻人，而是一个人到中年的，看起来很稳重的人。他对她不言不语，按响门铃，一句话，你的信。然后静静地站在门口，等她签收。然后转身就走。

时光如流，春去春回。她与他就这样淡淡地交往。她是职场丽人，他是邮递员。渐渐地她知道了他的事，也知道了他对自己的爱。原来，他早就见过她，喜欢她，暗恋她多年，终于有一天申请到她家所在的片区工作。每次都满怀幸福地为她送信。只要能见她一面，他就开心无比。在他眼里，她是那么优秀与出色，她是他的太阳。于他来讲，他是向日葵，仰望就是一种幸福。

她却不敢轻易再进围城了，她怕相同的故事再次重复上演。他约她，她微笑着摇头。她甚至对他说，这辈子，我就这样了，这就是我的命。他说，那么，仰望着你，我今生也就知足了。

这话，像轻柔的春雨，在她心中温情地滴落。她不得不承认，她是喜欢他的。于是，就这样淡淡地继续交往。他并不着急，很有耐心。这使得她反而不好意思起来。人的心，承受不起这种真情的负荷。于是，她答应了嫁给他，心里却依旧有淡淡的哀愁，对自己说，一旦有变，你就要主动撤离，免得再次受伤。

再婚后的日子，平静如常。他对她很好，温存，体贴。他为她做饭，陪她看电视，洗衣，拖地。她由着他干，心里并不感动。她诧异，自己是不是已经丧失了感受爱的能力？在他温暖的怀抱里，她觉得温馨。可是他不在家的时候，她一个人静静地待着，也并不觉得孤单。

她不是看不到他的付出与努力，只是心似乎沉睡了，就是感动不起来。

有一天，他很认真地问她，你爱我吗？她想了半晌，很诚实地说，喜欢，但这不是爱。第二天，他要出差。她送他上火车，然后一个人回家。

一天，两天，三天……她慢慢想起他，想起他的好，想起他温暖的怀抱、温柔的话语。她甚至开始盼望他回来。但是他一直没回来。奇怪的是，每天她下班回来，丰盛的晚餐已经摆在桌上，等她来吃。餐桌上，还有一束娇艳的红玫瑰。她想不出是谁干的，只好想象是传说中的神仙下凡了。

半个月后，她在阳台的一角发现他临走时写给她的一封信："我爱你，但是，如果你不爱我，那我就永远也不回来了。其实，我并没有走远，我就在你对面的楼房里租了一间房子，天天看着你在阳台上浇花。趁你不在时，去给你做饭。不知道你什么时候才能看到这封信。如果你一直都没看到，这就是天意。我会远走高飞，去别的城市生活，只为了忘掉你。如果你爱我，欢迎我回家，请在阳台上放一盆盛开的牡丹花，我就会回来……"

当她将盛开的牡丹放到阳台上的时候，她觉得，自己的心花也开了。心，从沉睡中醒来，变得柔软无比。这个人是值得你爱的，她对自己说。

当他出现在她的面前，她的眼中闪烁着幸福的泪花。她知道，这一生的幸福不会再溜走。她庆幸自己还有感知爱的能力。她问他，为什么这么爱她？他说，当爱成为习惯，爱她就是很自然的事儿。

每天一句赞美

结婚十年，我和他早就没了感觉。每天要上班，回来做家务，晚上辅导孩子功课，忙得我团团转。他是油瓶倒了也不知扶一把的主儿，总对人说，老婆精明能干，我每天回家都吃现成饭。起初我听了还很得意，后来就不以为然，觉得他除了嘴巴甜哄我开心之外，别无长处。

吵架就成了家常便饭。气急了，我一走了之，回了娘家。左等右等，不见他来接我，离婚这个念头自然就涌上心头。我对母亲说，你看，就这样一个平凡的人，扔人堆里就找不到的主儿，还自视甚高呢。我说，你看，他又矮又矬，天生武大郎的样子，不用扮相就可以上台演京剧了。八字眉，三角眼，不知当初我怎么会看上他的。我说，你看，他一个月挣不了几个钱，烟倒越抽越凶，一天两包都挡不住。我说，你看，这个骄傲的家伙儿，理也不理我。我跟他吵，他就故意把电视机音量加大，想气死我啊！

母亲说，还有什么，继续说。

我说，你看，以前我们恋爱时，他还知道早早订好蛋糕，买好礼物给我。现在倒好，只动动嘴皮子，说一句生日快乐就了事。以前他手机随便放哪儿都行，现在可好，一听手机响就做贼心虚地往阳台跑。站在阳台前，小声接电话。嗯，他是不是有外遇了啊？最后我总结道，我是真的瞎了眼了，竟然会看上他。算了，离了算了。

母亲说，你说你，除了抱怨和指责，你还有别的话吗？当初，我们觉得他太贪玩,不大成熟,反对你和他来往,你不是坚决维护爱情,说非他不嫁吗?现在又说他这不好,那不好。其实是你太极端了。婚前把他想得太好,婚后又把他想得极其不堪。其实,男人就是男人,不是你想得那么好,也绝没有你想得那么坏。我觉得他总体上是挺好的。比如他开朗,凡事想得开。比如他月月工资上交,抽烟还得找你要烟钱。比如他喜欢夸奖你,无论你穿什么衣服,他都说很漂亮。比如他有耐心陪你逛商场。男人结婚后,爱会藏在心里。夫妻间,浪漫的成分少一点很正常。只要他心里有家,有你和儿子,那就行了。至于他的外表,俗话说,情人眼里出西施。你只是现在烦他才这么说。其实我看他挺顺眼的。至于他抽烟,你要劝他戒烟,这是你的事情。至于上阳台接电话,我看他是怕你多想,才这样做的。如果你们关系亲密,彼此信任,他是不会有外遇的。我教你一招,绝对管用。以后每天一句赞美就行。

我说,好吧,我试试。

回到家,他已做好晚饭在等我。一起吃了饭,他跑去洗碗。我脱口而出,你今天好勤快啊!他听了,笑道,老婆肯回家,我求之不得。只要你不再往娘家跑,我愿意天天洗碗。

看着笑眯眯的老公,我对自己说,原来赞美也不是特别难。

以后,每天清早,老公上班前,我都会对他说一句赞美的话。比如,今天你气色不错啊。比如,今天你领带打得好漂亮。可是,坚持了几天,我就觉得实在找不出话来赞美他了。我打电话问母亲,母亲说,赞美一个人,应该是很自然的事情,何须刻意为之?

一语话提醒了我。原来生活中,时时刻刻生活在一起的两个人,赞美对方,应当是随心而至,应该是生活的一种习惯,应该是油然而生,自然产生的。

以后，很自然地，从心里全面接纳了老公。每天一句赞美也成了很自然的事。老公，你的煎蛋做得真好吃啊。老公，你今天的衣服搭配得很合适啊。老公，你把我的皮鞋也擦了啊……

每天一句赞美，让老公心情舒畅地去上班。每天一句赞美，改善了我们以前一直紧张的夫妻关系。每天一句赞美，让老公更加疼爱我。他学会了做家务，懂得了体谅我的辛苦。生日那天，一束娇艳的玫瑰映红我的脸庞。那久违的浪漫情怀，重回我们的心底。

每天一句赞美，产生了奇迹，它让我们的心连得更紧。携手人生路，幸福就在每天一句的赞美里。

女人，千万不要迷失自我

女人总归是要嫁人的，但嫁了人以后，感觉就不是太好。当初追求她的人是那么多，她问自己，你是要找一个有钱的，还是找一个你爱的？最终她选定了一个自己爱的男人结了婚。但婚后聚少离多，寂寞的午夜无以解忧，她上了网，申请了QQ号。最后，找到了久违的爱的感觉。

他叫海鸥，写一手好诗，爱她爱得发狂。他在网上述说对她的思念，打动她的心。于是，她去看他，越过千山来到他身边，却发现他有妻子，还有孩子。他的解释是，因为爱你，所以不愿说这些。她无语，随即风一般离去。

她删除了他的QQ号，手机号设置为拒接，博客小纸条设为阻止……她心里明白，对男人来说，事业与前程何等重要。聪明男人，绝不会为一介红颜知己而牺牲自己的仕途的。她更明白，为了自身的形象，他是不会离婚的。哪怕她再爱他，这一生也不会成为他的伴侣。她明白，情人花只能盛开在夜里，见不得光的。

老公回来了，承认自己曾经迷途，爱上了别的女人。可是心里终究放不下她，最终选择了心的回归。她在老公的怀抱里流下了幸福的泪。原来，真正的爱情，从来没有离开她的身边，只是她不知道而已。

老公带她全国旅游，说是弥补以前对她的冷落。她欣然前往，幸福的笑容挂在脸上。对一个女人来说，还有什么比婚姻幸福更开心的事呢?

那一天,他们来到海鸥所在的城市。她没想到,在一家精品店里,竟然与海鸥劈面相逢。此时的他,正在帮妻子选择时装。那套玫瑰红的套装,令他的妻子更加美丽。他柔情地注视着妻子,细心地为她抻直衣袖,上下打量,啧啧称赞:“真漂亮,人漂亮衣服也漂亮!”一转头看见了她,立刻惊得瞪大了眼,张大了嘴,说不出话来。倒是她,优雅地微微一笑,头也不回地从他身边走过,心说,原来,你们很相爱。

所有的谜底一一揭开,她终于读懂了这个诗意男人的内心世界。吃着碗里看着锅里,已婚男人永不满足于婚姻本身的幸福,一颗心总在放纵地寻找外遇,以使自己精神不空虚。她庆幸自己没有上当,没有迷失自我,早早地离开了这个花心男人。

和老公携手走在阳光下,她笑靥如花。她知道海鸥在身后依依不舍的目光,却头也不回。这失意的网恋,让她懂得了珍惜,珍惜真心爱自己的老公。

告别伪爱情

她有过短暂而不幸的婚姻。走出围城，她反而更渴望爱情，就认识了他。他的条件很好，大她两岁，离异无负担；有一套住房；有很好的工作，薪水优厚。他性格也不错，从来不跟她发火。他们血型相合，星座相契，个性相投，怎么看都是那么合适。他狂热地追求她，说她有女人味，是他喜欢的类型。她被幸福弄得眼晕，差点脱口而出地对他说，好，我嫁给你。

但是，慢慢地，她品出这爱情的味道不怎么纯正。他请她看电影，票是她买的，他只为她买了一袋爆玉米。他在单位打来电话，让她把午饭备好，他下班后到她家去吃。她说，我很忙，中午不在家。

他看她对自己冷淡，想来想去，还是想挽救一下，于是请她吃饭。在街上转了三圈，走过西餐厅，走过中餐厅，从下午逛到深夜，最后决定去夜市吃烧烤。到了夜市，他说烧烤太贵了，还是吃串串香吧，一串才三角钱。她说，算了，我请你吃烧烤吧。他说，行，你可真是个大方人。

第二天，她说，今天没什么事儿，上你家坐坐吧，算是认个门。他死活不答应，先说家里太乱了，后又说家里没什么吃的。再说他习惯一个人待着，外人，生人来了他不习惯。她直视着他，问，我是外人、生人？难道以后我们结了婚，你也不让老婆进门？他说，我是这么想的，我们结婚以后就住你们家，我一切听你的。

她笑笑说，住我们家，你把自己家整得干净、利索；在我家，让我侍候你吃好喝好。你想得挺美啊！

他说，我爱你，我真的爱你。所以，婚后，一切听你的，你说了算。只是工资我不能给你，我要付房子的按揭款……

她说，其实你什么也不能，也不会给我的。

从此她再也没有见过他，她不愿再见到他。她心里明白，爱情是付出，不是索取。作为男人，只想着享受女人的爱，却不肯付出一丝一毫，是不会得到女人的爱的。而对于女人来说，口是心非的自私男人，千万不能相信。这是伪爱情，女人千万不能上当。因为爱，是心灵的默契，而不是仅仅挂在嘴上的甜言蜜语。而许多看上去很合适的男人和女人，其实离婚姻很远。识人知底，对男人，还是多留心一点的好。远离伪爱情，女人需要的是真心的爱与关怀。

芒果与爱情

从小到大,我都没有吃过芒果。

那一次,在出差的途中,在一个"小雨沙沙,留客不说话"的美丽的江南小城,我第一次见到了芒果。整条街上弥漫着芒果那浓郁的、香香甜甜的气息。我开始动手挑芒果。这时,一个风度优雅的中年男人走过来,微笑着对我说:不是本地人吧?来旅游呀?记住,那硬的,边上发青的,都还没有成熟。这软的,颜色特别正的,是熟的,好吃。他边说边帮我挑芒果,边挑边问:会吃吗?

我轻轻摇摇头。

他说,先将皮扒下来,然后用小刀慢慢地削成一片片的薄片,这样吃不浪费。

晚上,他来宾馆找我,拿起一个芒果,熟练地先撕皮,然后很专注地用小刀削成薄片。音乐柔柔地在我耳边流连,室内因他的到来变得温馨无比。那人削着,我吃着,受人呵护的感觉真的很好。

不知什么时候,他坐到了我身边,端详着我说,你的吃相很美。我笑笑说,那是因为我刚才突然想起了我的丈夫。

他笑道,今晚,别想别人,好吗?他的眼睛里盛满柔情。

轻轻地,一点一点地,我倒入他怀里。那人温柔地抱着我,吻我的额头和脸颊。

停顿了一下,他似乎在征求我的同意。随后,便是深深的,疯狂的,激情无比的长吻。我闭着眼睛,享受着这无比甜蜜的吻。我一直不明白，为什么老公从来不愿意吻我的唇。老公总说，接吻的时候口水相交不卫生。丈夫吻我的后背、脖颈、脸颊，却从不吻我的唇，我的双唇就一直空寂着。而今，这个我连名字都不知道的陌生人，却让我感到了深深的满足。

第二天清晨，他对我说，过些日子，我会去你居住的那个北方城市看望你。其实，他不知道，他的话刚一出口，我就已经在期盼那个浪漫的重逢时刻早些到来了。

我带回去几个芒果。回到家里，老公说，这种水果他以前吃过，味道不错。让我震惊的是，我的老公，竟然拿起一个，专注而认真地削芒果。我悠悠然坐在他身边回想起往事，回想起与那个南方男人的约定。他们俩的姿态，包括神情都毫无二致。这不禁让我大吃一惊，太不可思议了。我俯在老公耳边，轻声问他，爱我吗？实话实说。老公反问，你说呢？说着将一片芒果送进我嘴里。这时，我才明白，原本以为婚姻中早就离去的爱情，原来哪儿也没去，就在自己身边。

我轻轻地说，吻我，吻我的唇，别让它承受寂寞的煎熬。

老公愣了一下，站起身。我闭上眼，那完美的一次接吻让我热泪盈眶。

半年后，那个南方人果然来了。他轻松地关上卧室的门，熟练地拉合粉色的窗帘，亲热地拍拍我的肩说，想我了吗？那神态，仿佛是我多年前的老相识。我凝然不动。

那人说，来，坐下，我给你削个芒果吃。我带了很多。我轻声说，不必了。

他问，怎么，你老公也会这么细心地为你削芒果吗？我点点头。

他又问，那么，他不在的时候呢？

我一字一句地说，那我就不吃了。

他凝视着我，读懂了里面的内容。他起身，走了。为他沏的一杯茶，还在茶几上冒着热气。老公晚上回来，说，你买了芒果？拿刀来，我削给你吃。我说，好。走到厨房，我流泪了。把刀递给老公的时候，我说，一辈子都要这么耐心地削芒果给我吃，行吗？

老公说，行。老公眼里有泪花闪烁。原来，他什么都知道。是的，什么也瞒不过做丈夫的男人的眼睛。茶几上的那杯已变凉的茶，和本地并不多见的芒果，都无声地告诉他，家里曾经来过一位不速之客。老公看看我的脸。我的脸色很平静，很坦然。老公放了心，他低下头，认真地将芒果削成薄片送进我嘴里。我轻轻地说，芒果，真好吃。我一边说，一边很自然地投进了老公的怀抱。

你的烦恼与我无关

一天晚上，因为心情不好，我极想找人倾诉心曲。午夜时分，轻点鼠标，如同游鱼一般，我轻盈地滑进了浩瀚的网海。刚进新浪聊天室，就见一个名叫“快乐同行”的网友与我打招呼：美女，晚上好！

我说，可是我一点也不好。我问他，想听听我的故事吗？他答，不想。我问，为什么？他说，我是上网来找快乐的，你的烦恼与我无关。

遭此挫折，我聊天的兴致锐减，没精打采地退出聊天室，从此再也没去过。

有了QQ之后，有的网友一见我就缠住不放，一味抱怨工作不顺心，婆媳难相处，老公不浪漫，孩子不听话……联想到曾经的自己，我终于懂得了“快乐同行”当时的心情。人生于世，竞争激烈，每个人都活得不容易。当忙完一天的工作，好容易有点闲暇时光，可以畅游网海时，寻找快乐的感觉是那么强烈。换位思考一下，红尘间，谁人无烦恼，但谁又会心甘情愿地成为别人免费的“情绪垃圾桶”呢？这样一想，心胸豁然开朗，心结迎刃而解。

从此以后，畅游网海，一颗心自由而快乐。是的，生活中我有我的烦恼，甚至忧伤。但这是我的私事儿，我不说。听到网友无休止的抱怨、诉苦，我不会刻意打断对方的倾诉，而是恰到好处地转移话题，让他盘点一下生活中自己究竟拥有什么。健康的身体是无价的，努力奋斗是最好的，家人团聚何等幸福，邻里相处多么融洽……

红尘中，支撑我们精神的三大支柱——亲情、友情、爱情，如果你样样都有，那你还有什么可抱怨的呢？人生难得完美，有梦想就去追求。曾经的遗憾就让它随风而逝，学会遗忘是智者的选择。

一句话，亲爱的网友，你的烦恼与我无关。我衷心祝你幸福、平安。

一杯糖水

父亲早逝，母亲一手把他拉扯大。为了让他上大学，家里背了债。所以，工作后一直忙于还债的他，想找个女朋友不容易。

一次。他带女朋友回家。母亲热情地请她坐下，关切地端来一杯糖水，说，渴了吧，喝一杯糖水润润喉。

她还真是渴了，端起水就喝。只喝了一口就大叫起来，天，这是什么水啊?咸死了!一边说，一边把喝下的水吐了出来。

她私下对他说，你妈真是老糊涂了，竟然让我喝咸盐水。说完这话，不容他作任何解释，转身离去。

后来，他又有了女朋友。母亲依然态度很热情，端来两杯糖水，他与她每人一杯。母亲对她说，渴了吧，喝一杯糖水润润喉。

她喝了一口，表情有点奇怪，带着困惑的神情转头看他。他喝着水，还连声说糖水真好喝。于是她心中释然，将那杯糖水一饮而尽，一脸微笑。

母亲对他说，这姑娘好，娶了她吧。

新婚之夜，他谈起这件往事。她说，我一尝就知道那是一杯浓度很高的盐水。可当我看到你满头银丝的母亲，就觉得应该原谅她的疏忽。即使是苦涩的盐水，我们一起喝，那水里就有了爱的味道。

他感动得紧紧拥抱着她。母亲的巧妙试探，不过是想替他找到一个愿与他同甘共苦的人罢了。其实，他喝下的那杯水，真的是糖水。面对自己心爱的儿子，母亲怎么舍得让他喝下一杯又苦又咸的盐水呢?!

爱你，有你的地方就是天堂

单位效益不好，他辞了职回家。他对我说，趁年轻，想出去闯一闯。我问他，去哪里？他说，重庆。

说走就走。我送他上火车。汽笛一响，我的泪下来了。他冲我喊，放心，过些天我就接你过去！

一晃大半年过去，他说，已经打开局面。再等等，我接你过来。

可是我等不及。我明白他的意思，等赚了钱，买了房，装修好了……可是，9个月没见他了，我想他，疯狂地想他，想他身上的味道，男人的味道，有着淡淡烟味与汗味的味道。

我一定要去看他。他说，我现在住在出租屋里，房子很小，洗澡的问题都不能解决……我说，我不管，我已经买好了火车票，明天的。三天后，你到车站接我。

我把电话挂了。

车到重庆，他来接我，骑着新买的摩托车。我坐在车后座上，抱着他的腰，头靠着他坚实的背，心里装满幸福。南方的炎热阳光晒黑了他的脸，他看上去倒是比以往健壮许多。

摩托车载着我，一直到了一家豪华宾馆门口。停下车子，他下车，带我走进去。宾馆大厅的灯宛若繁星，耀花了我的眼睛。我一步步跟他上楼，走进他预定好的客房。站在窗前，夜幕下的重庆流光溢彩，分外美丽。

他坐在床边，有点忐忑不安。他说，还是席梦思舒适，软软的……

我说，你天天睡的也是这样的床吗？

他笑说，这怎么可能？创业阶段，能省则省。我睡的是硬板床，很硬的。

硬板床，很硬的，我知道的，睡久了，硌得腰酸。

他赶紧安慰我，也不是，没这么严重。睡惯了，没事儿的。

他带我去宾馆一楼的餐厅吃饭。我说，我想吃小吃，重庆的小吃。

趁他不注意，我把房退了。

漫步在重庆街头，我爱上了重庆的小吃。烧烤，蒸饺，腰果鸡丁炒饭，都很好吃。

返回宾馆的路上，我说，宾馆太贵了，刚才出门前，我就把房退了。我现在无处可去，你看着办吧。

他无奈地摊开手，说，好吧，你不嫌简陋，就跟我走吧。

摩托车一路奔驰，在街道上左拐右转，最后进了一条幽深的小巷。巷子尽头，有个小小的院落。他下了车，推开院门，带我走了进去。

站在一扇没刷油漆的木门前，他犹豫了片刻。然后，慢慢打开门，顺手拉了一下门边的灯绳，他说，这就是我住的地方。

只看了一眼，我的眼眶就湿了。房间实在太小。一张床占了屋子的三分之二大的面积，一个电脑桌占了屋子的三分之一。最让我惊讶的是，屋子竟然没有窗户。这间屋子，白天都必须开着灯才行。

他心怀愧疚地说，还是住宾馆吧。你看，你像一朵花似的，那么娇美……

我说，一朵花，在心爱的人手里，才会美丽地绽放。

他拥住我，在我耳边耳语道，可是我不想让你受委屈……

我问他，知道今天是什么日子吗？

他默默回想，恍然一笑。时间真快，五年了。

我微笑。是啊，今天是我们结婚五周年的纪念日呢。

他歉疚地说，可是，却让你睡在这么简陋的地方，这硬板床，真的很硬……

在他温暖的怀抱里，我轻语，那有什么关系？爱你，有你的地方就是天堂。

JINGPINZHENCANG

第三辑

爱在心头情长久

爱情何等美好，然而，之所以会有遗憾，是因为初恋一般只开花，不结果。每个人都在恋爱中成长，恋爱的次数大多不止一次、两次。当婚姻的果实高悬于岁月的枝头，那往昔曾悄然绽放的初恋的花朵，可能更令人怀念。但我们一定要明白，那些逝去的光阴，只能是美好的回忆。人生旅途上，没有岁月可回头。珍惜当下的婚姻，和有缘人共度一生，我们就是世上最幸福的人。

你是我的天使吗

一个人，走在人生路上，谁不渴望爱情？爱情带着花香的温柔气息，静静地在心灵弥漫。我们需要爱情充实我们的生命，让我们的心变得柔软。我们渴望有一天，遇到白马王子，骑一匹快马，携芳香玫瑰，带我们远走天涯。

岁月的河畔久无踪影，只有我们自己孤独的守候。在我们心中，我们即将见到的爱人，一定超级完美：英俊，年轻，有力；情深意切，含情脉脉，忠诚而真挚。

三毛的《爱情》一文中这样描写爱情："爱情不是必需品，少了它，心中却也荒凉。荒凉的日子难过，难过的又岂止是爱情？爱情有如甘霖，没有了它，干裂的心田，即使撒下再多的种子，终不可能滋发萌芽的生机。真正的爱情，绝对是天使的化身。"

生命中的每一天，我寻找我的天使。遍寻无着落，我甚至开始怀疑他的存在。春暖花开的一天，他带着一脸灿烂的笑容走进我的视线。他的到来很轻，可能连清晨的露水都不曾发觉。他的目光追随着我，像向日葵追逐太阳。无论我做什么事，他都赞成。如果事情做得糟糕，他也没有一句责备。他总是在我最需要时悠然出现，当我摆脱困境后他便静悄悄地离开。有一天，我对他谈起自己的择偶标准，我说，爱我的人，不仅欣赏我的优点，而且能够宽容我的缺点。因为我不完美，我是凡人。

他说，我知道，我也不是完人。

我说，我脾气很大的。

他说，我知道。你是芳香的玫瑰，玫瑰一定是有刺的。

我说，你不怕刺扎到你？

他说，你扎扎试试，你不心疼？一边说，一边把他碗中的饭拨到我碗里，说，你的饭够吃吗？

我说，够吃。

可他仿佛没听见，还是继续拨饭给我。直到饭碗满了，他才放心地点点头，低头继续吃自己碗中的饭。

一瞬间，心里装满柔情。我想问，你是我的天使吗？

仿佛听到了我心中的问话，他抬起头，一脸微笑地望着我，那眼神闪着调皮的光彩。我听到了他的内心独白——你说呢？

我笑靥如花，心情灿烂。

原来人间最不缺乏的，就是爱情。天使在人间，只是我们心飘得太高、太远，所以没看见。其实，人世间，真爱处处存在，比比皆是。爱情是花，植根于坚实的土壤。爱情是树，需要雨露阳光。爱情不是海市蜃楼或空中楼阁，爱情其实就在每个人的内心深处，只是不知何时萌芽、生长罢了。

远离那个永远也长不大的"孩子"

表妹认识小秦的时候，芳龄20岁。小秦大她两岁，对她一见钟情。小秦对表妹真的好，甜言蜜语，情书一写十几页。

顺顺当当结了婚，分到一间旧平房。两个人相亲相爱，不嫌简陋，视为天堂。儿子出生了，一家三口日子过得和和美美。可有一样，就是表妹的婆婆太强势了：学历高，是医院的主治医生；要风度有风度，要内涵有内涵，工资高，奖金高，单位福利非常好。因此，她就把平凡的儿媳放不到眼里。

小秦所在的单位要盖高层，最小的一套房子面积也在150平方米以上。表妹一家省吃俭用，也就存了十几万元，可是一套高层住宅至少得四十多万。表妹把困难给婆婆一说，婆婆立刻就把他们的房子卖了，得到房款三十万。两家的钱凑到一起交上去，小秦终于分到了一套高层住宅，落地窗，阳光充足；面积大，宽敞舒适。

但矛盾随之而来。婆婆要在房产证上添上自己的名字，说，要不三十万白花了。哪天你们赶我们出去，我们连落脚的地方都没有了。表妹犹豫，婆婆破口大骂，说，养了一群白眼狼，要把长辈气死啊！小秦只想息事宁人，对表妹说，听我妈的。迫于压力，表妹最终同意了婆婆的要求。但婆婆心里不爽，虽然取得了胜利，但气势更加强劲，整天挑三拣四，到处挑刺儿。小秦心里苦闷，找女同事倾诉。一来二去的，两个人无话不谈，竟成了人生知己。

临近春节，小秦说要去外地找多年不见的老同学聚会。随后，和红颜知己远走高飞，扔下表妹，随便婆婆“修理”。午夜寂寞，表妹回想从前，泪水涟涟。以前认定小秦听话，是天生好丈夫的料儿，现在才明白，其实他是个永远也长不大的孩子，遇事没主见，全听他妈的。以前不在一起过，所以婆媳矛盾不明显。现在住到一起，面对一手遮天的母亲，他既没有胆量为妻子说话，替妻子辩解，更没有能力从中调解，缓和婆媳间的矛盾。他选择逃避，和红颜知己享受快乐时光。这个不肯担当家庭黏合剂的男人，让表妹伤透了心。表妹头上压着公公、婆婆两座大山，早已力不从心。而老公又如此不给力，只顾自己潇洒，不管她的感受。此时她才明白，这么多年来，为什么每当她与婆婆发生争执时，小秦不是借故出门，就是沉默着不肯表态，因为他还没长大呢。在自己需要他的肩膀支撑的时候，他不仅不帮助，而且让她心中流血，因为他有了情人。她想租间房子搬出去住，因为受不了婆婆的极端挑剔。问他的意见，他一声不吭。表妹也就明白了，他不愿跟自己出去住。是啊，这么好的房子，和父母在一起，为什么要出去住呢？小秦的想法一定是——你得罪了我妈，我又没得罪，为什么我要跟你搬出去住？表妹因此也就想好了，一年半之后，儿子考上大学走了，自己就和小秦离婚。什么都不要，净身出户，走一个干净利索。

女人四十，表妹才懂得了婚姻的内涵，那就是，男人一定要有所担当。这么多年来，表妹终于探到了婚姻的底，触摸到了婚姻的实质，那就是，远离那个永远也长不大的“孩子”是一件幸事。然后，表妹会用一生的时间去寻找一个真心爱自己，有责任心，勇于担当，愿做婚姻“黏合剂”的好男人。表妹深深地明白，只有找到这样的一个好男人，人生才会真正幸福。

初恋的味道

十六岁那年，我考上了外地一所中专学校，离家千里，必须住校。父母虽然心里舍不得我去，但为了我的前途，也只能送我前往。父亲想起有个老朋友住在学校附近，就写了信去，要他照顾我一下。那人回信痛快地答应了，父母也就放心了。

到达学校的当天晚上，父亲的老朋友带着他的儿子志峰来女生宿舍看望我，送给我一个暖瓶，这样我就能去锅炉房打水喝了。志峰静静地听他父亲和我说话，眼睛清澈，微笑一直挂在脸上。他和我同岁，也正巧在这所学校上学；并且更巧的是，和我同班。

第二天，我去上课，惊喜地发现志峰竟然和我同桌！校园附近是一片白桦林，我和志峰常在傍晚时分去散步。记得那时我特别喜欢的一首歌是《北国之春》。离家千里，思乡情重，一唱这首歌我就想家，想父母和姐弟。志峰善解人意，为了让我开心，他带给我许多好吃的东西，刚成熟的黄瓜，香甜的杏子，有时是一个苹果。学校伙食差，他就从家里带来挂面鸡蛋等给我。甚至家里腌的泡菜醋蒜，他也会带给我吃。

情人节那天，他送我一瓶青苹蜜。透明的瓶子里，淡绿色的润肤蜜是那样吸引人。打开瓶盖，清香的青苹果香味扑鼻而来，还带着一缕淡淡的甜味。那时候化妆品我是用不起的，那对于我是奢侈的享受。所以，这小小一瓶青苹蜜，让我猛然意识到自己是一个花季少女了，是那样渴望漂亮。我从来还没用过化妆品呢，这一瓶青苹蜜，让我的梦乡也充满了芬芳。

晚上回到宿舍,我悄悄打开它,对着小圆镜往脸上抹一点。那甜香的青苹果香味,引得同室的其他女生忍不住开腔了:哎,谁在偷吃苹果呢?拿出来,见面分一半。我赶紧解释说不是的,是擦脸油,新出的一种蜜……于是,这瓶青苹蜜立刻在同室的女生手中传递着,每个人都使劲闻闻它的味道,皆说好高级啊,谁送的?我笑而不答。于是又有人说:这是上海日化厂生产的,很贵,两块四一瓶呢。啊,这么贵啊,我心里惊叹。要知道,在二十多年前,冰棍五分钱一根,“娃娃头”雪糕五毛钱一个,一碗肉丝面两毛五。两块四,这笔钱在当时是可以干很多事情的。

感动于志峰的心意,我很珍惜地用那瓶青苹蜜。但是,有一天,它还是用完了。后来我自己买了一瓶接着用。我喜欢它的味道。现在想来,那其实就是初恋的味道。

两年后我离开学校去实习,和志峰的来往就少了。我们只能通过书信交往。随着时间的推移,我最终和他失去了联系。再后来,我结了婚,有了孩子。

多年来,我一直使用的化妆品就是青苹蜜。直到几年前,市场上再也不见了它的踪迹。我问营业员,人家说,青苹蜜啊,太便宜了,挣不上钱,所以商场不进这种货了。闻言,我无比惆怅。是啊,岁月如流,生活一直向前,有的东西注定是要消失的,比如我那如花的青春……

每年初春,当春风轻轻吻上我的脸,我都会忆起这段初恋往事。它使我的人生,始终浸润在淡淡的青苹蜜的清香里……

初恋的花只开一季

那年我十六岁，在异地求学，志峰是我的同桌。他高大、帅气，笑容如“老三”一样温暖和煦。十六岁的我不懂爱情。跟《山楂树之恋》中的静秋一样，只是被动地被一个人爱着。那爱我的人，可谓“处心积虑”，而我却浑然不觉。

我的初恋，纯洁得彼此连手都不曾牵一下。并肩而行，也一定要保持一臂的距离。三年后，学成返家。他送我上火车，他跟着车跑，对我高喊：“等着我，我成功以后就去找你……”

这句话温暖了我的心。工作后的我，曾经在繁星满天的夜晚静静地想念他，坚信他的承诺一定会兑现。但是，随着时间的推移，奔涌而来的一个个日子终于如海潮一样，渐渐地淹没了他的话，他的形象也一点点变得模糊。久无音信的他，深藏于我的心灵深处，从此不再想起，成为尘封的记忆。

当他再一次出现在我的面前时，已经是一位年轻有为的企业家了，风度翩翩、气质不凡，成熟睿智、稳重谦逊。

他成功了，有了追求我的资本。但我已经结婚了。面对久别重逢的初恋情人，我虽然也非常激动，但我是一个传统女子，不肯越雷池一步。所以，相逢是那么遗憾，最终我连一个拥抱也没有给他。就如同老三与静秋的结局一样，为了我的幸福，他黯然叹息，悄然离去。

再见面的时候，是在旅游途中。我离婚了，而他正是新婚。同乘一辆客车，四目相对，彼此无言。他的妻子微笑如花，我心中则酸甜苦辣，五味俱全。为了他的幸福，我默然走开。

当他再一次来到我身边时，他告诉我，他离婚了，我们可以在一起了。我说，可惜，我复婚了，我们依然无缘。他的笑容顿时变得僵硬无比。半晌，他说，命运为什么如此折磨我？近在咫尺的爱人，却连一个拥抱都不愿意给我！

他转身要离去。此时，情感的激流涌遍全身，我扑过去，不顾一切地拥抱了他。这是他应该得到的、迟到了那么多年的爱的回报。然后我对他说，你不要多想，只是做个纪念。他的眼神瞬间又暗淡了下去。道了珍重后，风一般远离了我的视线。

而今，不惑之年的我，再一次被婚姻的列车甩下。颤抖着手拨通了他的手机，轻轻地说了一句：我离婚了，我们可以在一起了。

手机那边却是长久的沉默。半晌，他熟悉的声音传来，每一个字却像一块冰，把我的心灵冰冻。他说：可惜，我复婚了。我们依然无缘。

不问他为什么复婚，如同当初也不曾问他为什么离婚一样。原来，他的人生，早就与我无关了，就像我的人生也一直跟他无关一样。我们只是在十六岁的夏天美丽邂逅，两颗心交会一处。原来，终其一生，我们只有三年同窗的缘分，之后彼此的命运便不再交集。

从十六岁走到今天，二十余年的时光岁月，风干了多少往事，却唯有志峰，在记忆中，如凌寒的梅花，一直骄傲地盛开。他从来没对我说过“我爱你”之类的话。他的爱，全在行动中。那深情的凝视，令我难忘。他曾与我隔河相望，伸出双臂拥抱河对岸的我。他曾为了我的幸福，最终放弃拥有我的全部身心。

穿越时光，依稀回到十六岁的那个夏天。隔着岁月的河，我伸出双手，拥抱心中的他。此时的我，历尽沧桑，一颗心平静如高山雪湖。

阳光下,静静地想念志峰,我的初恋情人。但我却永远不会去打扰他。在我生命的每一天,我思念着他,却将永远保持沉默,不让他知道。我只愿生命中的每一天,他过得比我好。于我而言,有这么多美好的记忆,我很幸福。

人生路上,初恋的花只开一季……

粉玛瑙之恋

我失恋了，失恋后的我变得极其玩世不恭。长夜漫漫，无聊至极的我走进了聊天室。想听我的故事吗？我一一询问陌生的网友。一个叫“雪山来客”的网友说，我想听。

倾诉了心曲。正想离开，歌声响起，是梅艳芳的《亲密爱人》。那个午夜，因为歌声的浸润，我的心第一次感到温暖。

又一个静谧的午夜，打开电脑，我看见了他上传的照片，年轻，帅气；剑眉星眼，额前一绺黑发自然地下垂，挡住一只眼。我心中最柔软的部分突然释放，一遍遍抚摸着电脑屏幕上那张英俊的脸，我徒劳地想把那绺黑发从他眼前拂开。

他说，我来自西藏。我说，哦。

以后便成了很亲密的网友。他说，我喜欢你，我想送你一枚粉玛瑙戒指，代表我纯真的祝福。我说，好呀，寄吧，我等着。他说，那东西只有拉萨有卖，路太远了，何止千里之遥。我说，我想要，真的。他说，好吧，我一定满足你的心愿。

转眼间，夏天远去，秋风入怀。我已淡忘了他的诺言。中秋节那天，我收到一盒来自西藏的月饼。我一边摇着头打开盒子，一边在想，他食言了。

拿起一块月饼，只咬了一口我就愣住了。我的牙齿碰到了一样坚硬的东西。心跳加速、呼吸急促的我，将月饼一分为二后，惊喜地看见一枚粉玛瑙戒指，闪着柔美的粉红的光泽，真的很美。

像一条鱼，我轻轻地滑进了无形的网。我想告诉他，我收到了他的祝福。

可他消失了。半年后，他才再次出现在聊天室。他告诉我，为了筹措路费去拉萨，他把电脑卖了，以至于戒指寄出后他无法上网告诉我这个消息。我问他，为什么这么傻？你可以不去，你可以不买，你可以不卖电脑的。他说，我只想证明自己是个言而有信的人。静静地坐在电脑前，我泪流满面。互联网，在这个虚拟的所在，我却收获了一颗真诚的心。

美丽摇曳的圣诞红烛

那年冬天，我的心情很糟透了。我离婚了，随后又遭遇下岗。人到中年的我，好不容易找到了一份工作，却是要常常加班的。

一天深夜，加完班，孤独地走在雪花飘舞的城市街头，我格外落寞。我不想回家，因为那间租来的小屋，本身也是无比清冷，十分孤寂的。

静静地走到南门大教堂门前时，我不自觉地停下了脚步。教堂门口人满为患，许多年轻人手举红烛，手牵手站在一起，一望就知是情侣。我刚想走开，就听路边有人对我说："今天是平安夜，买根蜡烛，祈祷幸福吧！"我摇摇头说："幸福两个字对我来说真是太奢侈了，祈祷也得不到的。算了吧！"

卖烛人说："那么，替你的家人、亲人、爸爸、妈妈祈祷一下，祝他们身体健康也好呀，是不是？"

她的话打动了我的心，我也想为亲人送上一份心底的祝福。毕竟新年就要到了，这份祝福是非常美好的。于是，我说："那我买一根吧。"一摸身上，坏了，钱包不见了，不知什么时候被小偷顺手牵羊了！无比沮丧的我，觉得自己真是倒霉透了，来年一定过不好。

这时，身边有人说话了："我要两根蜡烛。"我转头一看，是他，我曾经的丈夫，现在的前夫。四目相对，心头有千言万语，却又默默无言。接过蜡烛，我们一起走到教堂门口，听牧师在里面做新年致辞，我的心突然格外平静。

身边的他替我点着了红烛。烛光摇曳，点点红光。纷飞大雪中，无数朦胧的红色的点点烛火，传送着温馨的祝福。我的心不再感到孤寂、冰冷，而是感到阵阵暖意。我这样想：过去的就让它过去吧，重要的是在新的一年里把日子过好。

时针指向午夜12点。教堂的钟声激越地响起，圣诞节到了。他轻轻地挽起我的手，说："圣诞快乐，我能送你回家吗？"我点点头，眼角有点湿。再看他，也是泪光晶莹。他问我："还记得我们当初离婚的原因吗？"我想了想说："记不起来了，都是些烦琐的小事。也许，那时的我们太年轻了……"

凌晨时分，街上没有公交车了。我们踏雪而行，一步步走回家。一路上他紧紧地挽着我的手，一秒钟也不曾放开过。他说："一松手，我怕我会再次失去你。"

后来，我们复婚了。以后，每当走过南门大教堂，我都会想起这一幕往事。我想，这就是缘分吧！而这缘分的初始，却是因爱而生。说到底，没有爱，何来缘？

总也忘不了那夜的圣诞红烛，美丽摇曳，无比温馨。因为它使两个相爱的人重新走到一起，破镜重圆，所以难忘。

爱情是件奢侈品

我结婚了。因为没房子,我们只好和他父母住在一起。

婆婆家的房子非常小。婆婆跟我吵架太容易了,一推门就进来了,我躲都没处躲。婆婆与我争吵的原因说来简单,是因为丈夫替我洗碗。在她看来,洗碗是媳妇的天职。

为了过上清静的日子,我们租了房子。钱不够用,老公说出门挣钱,结果一去不归不说,不久听说他有了外遇,在外面跟新欢公开同居。我终日以泪洗面,无比哀伤。而每一个孤独的漫漫长夜,又何其难熬啊!怀着想要报复老公的心理,我上了网,认识了一个名叫海风的网友。

静静的午夜,我流着泪把我的故事讲给他听。他说,因为我爱你,所以我希望你是真的爱我,而不只是为了报复你老公。

后来,海风不再跟我联系,我这才意识到,我是真心爱他的,虽然他比我小了整整十三岁。于是,美丽的初夏时节,我去看他。在迷人江南的那座乡风淳朴的小城,我们紧紧相拥,幸福充溢着我的心灵。他带我骑摩托车兜风,一起品尝小吃,手牵手在月下漫步。凤凰山上,绿意怡人。俯视夜色下的小城,灯海如昼。那是我生命中最美好的一段岁月。

海风劝我留下来,并劝我离婚。他说,没有爱情的婚姻就是阴森的坟墓,会活埋你的。可是一想到孩子我就心软了。孩子需要母亲啊!为了孩子,我重返北方的故乡。

一年后，老公提出离婚。我毫不犹豫地同意了。从民政局出来，手里拿着深红色的离婚证，我的心很平静。我想我还有海风，有爱情。是爱情，支持着我没有倒下去。

可是，想要离婚的海风却遭遇到顽强的抵抗。他老婆并不爱他，却死也不肯放手这门婚姻。他们常常打架，吵架。他说他什么都不要，只要人身自由，她都不干。他不解地问她，为什么？你既然不爱我，为什么不肯离婚？

她说，因为我恨你，我要报复你。我就是不想让你称心如意地过日子，我就是要整你。

为了离婚，海风找了一个女同事，故意在老婆面前表现亲热，想激起老婆的怒气与骨气，达到早日离婚的目的。可是万万没想到，那女同事早就有意于他。一天晚上，她灌醉了他，趁机就把自己给了他。

清醒后的他追悔莫及。可他是一个极负责任的男人，事情既然已经这样，他只能对我说，对不起。事已至此，我这婚没离掉不说，反而更增添了一份责任。她有心于我，才会这样做。而我既然要了她，就要对她负责到底。所以，我们分手吧。我的网恋就这样无疾而终。

静静的午夜，打开QQ，海风的头像是彩色的。我知道他在线。可我不敢打扰他，也不能再提前情。望着他的头像，我泪光晶莹。漫漫人生路上，我注定是个输家，一无所获。

因为，现实生活中，爱情是件奢侈品、易碎品，需要轻拿轻放，捧在手心，视若珍宝才行。而且也更因为爱情是件奢侈品，所以红尘中难得真品，假货太多了。而真正的爱情，一定是经得住时间的考验。在物欲横流的当今尘世，真正的爱情永远美丽地闪耀着动人的光辉。而爱情本身却又是那么朴实无华,质朴纯真,没有任何点缀却又永恒而不朽的。

我依然相信,红尘中,有着真正的爱情存在。所以,今生今世,我还会不停地寻找下去。

网上的红玫瑰悄悄凋零

我是一个孤独的女人。午夜时分,在一间间聊天室游走,就认识了游侠。他那一笔好的散文诗,诗意,美好,温馨,打动人心。

网上的温存,就像一个干渴的人喝可乐,会越喝越渴。他那些真心体贴的话,每一句都那么打动我的心。我爱上了这个可爱的有着诗人情怀的年轻人。

生活从此充满了浪漫的味道。每天打开电脑,都有一束红玫瑰在迎接我的到来。“给你的,收下吧。祝你快乐!”这是游侠的留言。

感动的泪瞬间奔涌而出。与老公结婚多年,他也没有送过一朵玫瑰给我。这个枯燥乏味的婚姻,让我的浪漫情怀渐渐枯萎。而网上花开,却又那么深刻地让我意识到自己是一个女人,一个成熟女人,一个风情万种的女人。这也让我第一次有了想照镜子的冲动。镜中的我远没有想象中的那么苍老。人到中年,我肌肤如雪,眉目如画,长发飘飘。

因为思念他,我去他所在的南方小城看他。走下站台,远远地看见了他和他手中的红玫瑰,红玫瑰那么娇艳,映着他灿烂的笑脸。我们深情相拥,幸福无比。阳光如蝶,在我眼前翩翩飞翔。我们一起游漓江。山清水碧,我们手牵手,柔情缱绻,在山水间流连。随后,我去了他家。我有那么浓重的好奇心,我想知道,一个诗人的妻子是怎样的。他的妻子不在家。这是一个温馨的家,窗明几净,地上纤尘不染;玫瑰色的窗纱透着无比的柔媚;茶几上鲜花盛开,茶壶里有凉茶可以随时解渴。窗前有花，花正在怒放。阳台上有鸟，正在欢鸣。鱼缸里的鱼无忧无虑地游动。厨具整洁，闪烁着明净光洁的光。走进卧室，我看到了他与妻子的婚纱照，不禁让我自惭形秽。那穿着粉红婚纱与他相依偎的美人，笑靥如花，娇羞温情。

你老了，心里有个声音说。

书房纤尘不染，整洁而恬静。游侠坐在电脑前，忍不住抱怨说，看，这么多书她从来不看，从来不想跟我的思想齐头并进。我说你看看书吧。她说，我忙，没空。我却这样想，你别身在福中不知福了。她爱你，愿为你操劳。你明白吗？

游侠紧紧地拥抱着我，想把我抱到卧室的床上。我却一眼看见椅上放着的一件没织好的毛衣。直觉告诉我，这是她为他织的。眼前立刻出现这样的场景：一个美丽的少妇，坐在椅子里，一边织毛衣一边想念着自己所爱的人。时间还有，可以慢慢地织，可是一定要赶在冬天到来之前把它织好。也许她还要分神记挂着厨房里的那只砂锅，里面炖着他最爱吃的糖醋排骨……眼里有泪要溢出，我伸手推开了游侠温柔的怀抱。

一言不发，我登上了西去的列车。回到家，打开电脑，999朵红玫瑰在网上娇艳地绽放。我惹你生气了吗？为什么不理我？这是游侠的留言。

紧咬牙关，不让泪流出来。颤抖着手，删除了游侠的QQ号，我如释重负。寂寞的午夜，我独倚窗前，泪如雨下。山无棱，天地合，乃敢与君绝！这誓言依然在耳边回响，而我却已不复有往日的心境。因为爱你才要离去。离去，更是为了不伤害你身边的那个善良的女人。

以后的日子，我不再上网。我常常独立窗前，看丁香花开放，看天上的点点繁星，闪烁着寂寞的光。孤独的长夜，连星星也是寂寞的。常常想起每天依然盛开在网上的玫瑰，一朵一朵，一朵一朵，开得那么娇艳。

它们终会一朵一朵凋零的。网上的玫瑰，没有人关怀，便慢慢地枯萎了。

可是，我永远也不会忘记，它们曾盛开在我的心灵深处，那样的美丽。

温馨米线

夏日的雨夜，他接刚下夜班的我回家。饥肠辘辘，我们便一起走进这家小店。

米线上来了，热腾腾的，香味扑鼻。他像个快乐的孩子，盯着碗里的米线，突然有了一个发现。哟，这里面还放了枸杞呢！说着，他将一粒小小的，红色的东西放进我口中，酸酸甜甜，滋味独特。我还他一个甜蜜的微笑，笑中盛满爱意。

他对店老板说，嗯，你这米线确实不错，只是店里少了样东西……什么呀？老板困惑地问。音乐，他扬眉朗声道。音乐是个好东西，可以让人忘却烦恼，忘却忧愁……听他侃侃而谈，心中那一朵爱之花，就在那一刻悄然绽放。

再去吃米线，小店里音乐流淌。我们疲惫的心，因有了音乐的抚慰，依然快乐无比。这时候的我们，已是一对红尘中的知己眷属。现实是那么严酷，生存是那么艰难，可我执着地坚信，只要心中有爱，无论何等险阻都不可能把我们分开。

音乐很美，那是水木年华演唱的《一生有你》。等米线的时候，我们相视一笑，一起随着旋律轻轻吟唱："因为梦见你离开，我从睡梦里醒来。看夜风吹过窗台，你能否感受我的爱……"

他停止了吟唱，凝视着我，问，你说，你能感受我的爱吗？说呀！

我轻轻一笑，咬着下嘴唇，调皮地反问，你说呢？

他情不自禁地捉住我的手，极其认真地说，这辈子你不许离开我。这是命令,必须照办。听见了吗?

我笑弯了腰,说,是,将军,小兵遵命。

米线上来了。他饿极了,一碗米线很快见了底。我把自己的那碗推过去,说,吃吧!他惊奇而又心疼地问,你怎么了?不舒服?我笑答,没有,我今天胃口不好,你替我消灭了吧!他相信了我的话。看他大口吃着米线,我心里是那样满足。

他对老板说,有了音乐还不完美,建议你把这一面空墙设为爱情墙,供情侣们留下爱的誓言,心之絮语。说着,他在一张纸上写下一首小诗,说,这是我送你的。写完了,老板把它贴到墙上,说,行,你算是第一个在此留言的人。

站在墙边,我一遍遍默诵:一生有你,相识是缘。愿一生有你,做我的红颜知己。那么,再苦涩的岁月,也犹如春风拂面。再孤单的旅程,我的心,也快乐无边……

可是,随时光流转,谁能想到有一天,他竟然这样对我说,分手吧,我们前缘已尽,各自保重吧!

流着泪与他分了手,我知道他的心已被别人偷走。这是什么时候的事情,我不清楚。我痛恨自己的疏忽,一闭眼,眼泪便无声地流下来。

下班路上,远远地看见那家熟悉的小店,我便加快脚步,飞也似的匆忙地逃开。我不敢看它,更不敢走近它,我的心好痛。

一个夏日的雨夜,为了躲雨,我无奈地走进了这家小店。音乐的小河立刻包围了我,还是那首《一生有你》:“等到老去那一天,你是否还在我身边。看那些誓言谎言,随往事慢慢飘散……”

米线上来了,白而细的米线,润而滑的汤;几粒葱花,几茎碧绿的香菜,还有香而软嫩的鸡丁。那是一碗久违了的温馨米线。慢慢地吃着，我眼里早已是泪花晶莹。抬头看对面，座位是空的。低下头，筷子一挑，我找到了一粒美不胜收的枸杞，红色的，小小的，扁长的。将它放进口中，酸酸甜甜，滋味独特，我潸然泪下。

想看那面爱情墙，又怕看。鼓足今生所有的勇气去看，我的心，猛地一震。啊，爱情墙上，层层叠叠，密密麻麻，贴满了五颜六色的纸条，纸条上是由各种笔体书写的爱的誓言。我不知道，这是哪些痴情的人儿留下的。而墙上的第一条留言，那首曾让我默诵过无数遍的情诗早已被深深地覆盖，没有了踪影。我的心，一瞬间变得轻松极了。我知道，自己终于解脱了。

原来，那真挚的爱啊，在这人世间，像鲜花一样生长，开放。它永远生机勃勃，永远不会老去。

以后我会常来这家小店的。我的人生，需要一碗米线的温馨滋润。

一生一次的幸福时光

结婚十年,终于与他走到了无话可说的地步。他提出离婚,我没有同意,仅仅是为了孩子。虽然,长夜漫漫,孤枕难眠的我早就开始了网恋,那个遥远的江南小城里有我真正的爱恋。虽然,我们并没有见过面。

可是在心里,我知道,离婚是迟早必须要进行的人生步骤。所谓宿命,是逃也逃不掉的。于是,午夜时分,我打开QQ,对那个朝思暮想的江南帅哥说,我去看你吧。

在心里,那碧草如茵、山清水秀的小城,是我心中的世外桃源。我急于知道,我婚姻之外的这个诗人、才子、帅哥,与我的法定老公,同样是男人,却有着怎样的区别。

初春的一天,我踏上了前往江南的旅程。三天之后,当我站在小城的车站,远远地看着有着一张帅气的脸的他向我走近的时候,我一眼就认定,这就是网上的那个诗人、才子。网上我见过他的照片,所以对这渐行渐近的微笑的脸庞我相当熟悉。

他很自然地接过我的包,我很自然地坐在他摩托车的后座上,并且,很自然地环抱住他的腰。在宾馆,他坐在我身边,眼里满是期待。累了吧?你辛苦了……我一把抓住他手,站起身,扑进了他的怀抱。

帅哥笑道,这还差不多。他一边说,一边紧紧地抱住了我。那久违的被拥抱的感觉,让我的心跳骤然加速。一切静止,我的心,发出一声畅快的叹息。

轻轻地，他的唇吻上我的脖颈与耳根，掠过我沧桑的额头、沉静的脸颊、滴泪的双眼；轻轻地，碰了碰我的紧闭的双唇。似乎在问，我可以进来吗？微微张开嘴，我等待着。他的唇，轻轻地盖上我的唇。地球在我脚下飞走了。那是一次完美的接吻，那温馨的感觉，让我如入梦中。这温柔的吻，融化我心头的冰霜，让我相信，爱情在这世上，如鲜花一样开放。即使红尘四季飘雪，那爱之花，依然会娇艳地在这世上绽放。

他一边不停地吻我，一边温柔地解去我的衣衫。

那温柔的吻，动情的眼神，带我进入一个甜美的梦境。我放松心情，与他共赴这轻松的梦幻之旅。再次闭上眼睛，我的心，在蓝天白云下飞翔；耳边，似乎有清风吟唱，还有百鸟啼鸣。简直不敢相信，很轻松地，我就达到了性高潮。

仿佛在湛蓝的海面上荡舟，椰风海韵，在我耳边唱响。仿佛在金黄的海滩上奔跑，一幅雪白的纱巾，在阳光下飘舞。快乐如浪涛，在我心中一浪高过一浪地激荡。这是一次完美的做爱。结婚十年，终于尝到了做爱的滋味。那蚀骨销魂的感觉，那如梦如幻的相依，那快乐萦绕的幸福，我相信，是这世上每一个女人都向往的。

原来爱情，是这样美好的东西。原来，仅仅因为相爱而做爱，是这么快乐的人生体验。我愿意，就这样与他紧紧相偎依，直到生命的终结。

当阳光透过窗纱，悄悄地光临我身边的时候，新的一天到来了。江南小城，盛产鲜花。此时的小城，橘花如雪。有年轻的女孩子大清早采摘了还带着露珠的橘花，在窗外叫卖。他说，等着我，我送你一束橘花。他说，橘花好香的。那一股芬芳，在我心里，是世上任何别的花都不能相比的。那是一种甜蜜的清香,就像爱情的味道。我说,如你所说,这橘花的香,可比茉莉花。他反驳道,不是的,橘花可比茉莉花香多了。而且,花朵也比茉莉花大得多呢。你等一下,我去去就来。

他就这么匆匆而去,再也没有回来。最后看见他时,他静静地躺在地上。血,还在流淌,那颜色比玫瑰还要红。他怀里,盛开着一束雪白的橘花。是车祸。返回北国边城,离开了开满橘花的江南小城,我的心很平静。

平静地跟老公离了婚。平静地将那束枯萎的橘花制成干花,夹进书里。我不遗憾。一生一次的幸福时光,我没有错过。身为女人,我终于知道了爱是什么,爱是怎样的。

终于明白了,只有心中有爱的人,才会对自己所爱的人极尽温柔,把做爱当成幸福的给予,让双方一起划向幸福的彼岸。

谢谢你曾爱过我

她爱过一个人，结果是她被那个人伤害得遍体鳞伤。这伤，不是身体上的，而是来自心灵。其实，要让一个女人心死，不用打她骂她，不理她就行了。寂寞、孤独，足以让一个心怀有爱的女人变得疯狂，不仅心痛，而且心碎。

之所以这样，其实原因很简单，就是因为她爱他。爱他，就心甘情愿被他欺负，忍受他的谎言与欺骗，容忍他的种种自私与冷酷。直到有一天，他逼她离婚，她还苦苦哀求他不要离。

不过最终还是离了。他欺负她，早就成了习惯。她像一个心囚，明知他有外遇还坚守忠诚。而他对她的坚贞，仅仅报以一声冷笑罢了。

长夜漫漫，无以忘忧。她上了网，认识了一个网名叫作牧云公子的人。牧云公子，来自遥远的南方，一个山清水秀的小城。她被他的温柔情怀打动，最终爱上了他。就这样，一个北方女子，沉浸在南方帅哥的温情缱绻里。每天，她一上网，就看见娇艳的玫瑰，一朵一朵，绽放在眼前。每天，她打开QQ，就能收到他真挚的问候。每天，他打来手机，诉说对她无限的眷恋。每隔三天，他就写一封情书给她。

他是她眼里的女神。虽然他的文章写得也不错，可是他却认定她写得更好。虽然她相貌平平，他总是赞扬她有气质，是才女，她也就习惯了。因为她的遭遇，他对她充满怜惜。爱情如海，她悠游其中，畅快而惬意。

人是健忘的动物。习惯了他对她的好，她便忘记了曾经有人那样欺负过她。她的脾气见长，说生气就生气。她说，牧云公子，所有的事，你错了是你的错，我错了也是你的错。他像娇宠孩子似的微笑着反驳，天，那你也太霸道了。不过，谁让你是我心中的女王呢?一边说，一边发来一朵朵的玫瑰，要她收下。

橘花飘香的季节，她专程去看望他。他们紧紧相拥。因为爱她，他迁就她所有的嗜好。时刻小心，像贴身的保姆一样照顾她。也因此，她愈发像公主一般刁蛮，想发火就发火，一不顺心就说分手。

他哄她、劝她、哀求她，不要分手，有话好说。他说绵绵情话给她听，逗她开心。

这使得她变本加厉，以后不仅总是闹分手，还动不动就关机。

他说，我一直打你手机。我知道你关机了，可我想你总有开机的时候。她感动得流泪了。同时，习惯性地把闹分手当成了游戏，常常乐此不疲地玩这个游戏。

终于有一天，在关机几天之后，打开手机，她没有看到应该有的他发来的求和短信，也没有什么绵绵情话。自尊心让她不愿去俯就他，更不肯去质问他。可是爱在心头，她终于忍不住上网找他。她说，我想和你谈谈。他淡淡地应道，我很忙。此后，联系中断。她的心，陷入痛苦之中。曾经习惯于享受的温情，一旦失去了，简直令人绝望。她甚至有了轻生的念头。

有一天，他终于说了实话。他说，我已经不爱你了。我的爱人，应该能够和我同甘共苦，而不是经常闹分手；我的爱人，应该对我温柔体贴，而不是高傲得不可一世。我想你一定是搞错了，我是在找爱人，不是在找主人。

原来是这样!她的心，一瞬间沉入绝望的深渊。一切都不可挽回了。她哭，她求，她诉说自己的爱，可是没用了。因为不懂珍惜，她错失了一份爱情。

静静的午夜，她想念他。她终于明白，之所以错失真爱，是因为她一直在欺负他。因为他爱她，非常爱她，所以她就尽情地欺负他，一如以往她的前夫欺负她一样。

她终于明白，爱情面前人人平等。两个人，要相互尊重，爱才能够持久。可惜她明白得实在太晚了。就这样眼睁睁地看着一个曾经那么爱她的人，在茫茫人海中与她擦肩而过，再没了踪影。不要欺负那个爱你的人，她对自己说。如果今生再遇真情，相信她一定会格外珍惜，好好地爱那个人。

在心里，她对他说，谢谢你曾爱过我。

没有爱，就拥有幸福吧

两个人，两件事，震撼我心。一个姓许，与母亲同龄，是母亲的好友。一个姓王，与我同龄，是我曾经的同事。

许阿姨年近古稀，性格刚烈。和老伴一辈子都快过完了，最近听说老伴和一个中年女子相好，当然想不开了。一时气愤至极，都没有当面质问一下老伴，她就吞下几十片安眠药，离开了人世。那是一个平常的中午，老伴专门为她炖的排骨汤还在炉子上冒着热气。都说她太莽撞了，也许根本没那回事儿，是个误会。事实胜过雄辩。过了没几天，刚刚丧妻的老伴就跟那中年女人手牵手地进了院子，进了家。那亲热的样子，宛如新婚。原来是真的。这世界，人心不古，老夫少妻是时尚。

小王是我以前的同事，是车间最漂亮的女工。她和老公的相识、相恋我都清楚。她温柔，可爱，贤淑，美丽，生了儿子，家庭幸福。没想到风云突变，老公有了新相好，甜蜜无比。事情闹破了，男人承认，要求离婚。气性大的小王，一怒之下同意离婚。儿子归她抚养，房子也给了她。

前夫绝情，真做得出来。新婚那天，在院子里吹吹打打，在她眼皮底下娶妻，风光热闹，让她泪流满面。红尘间果然是只闻新人笑，不闻旧人哭。

有人爱她，愿意给她幸福人生，答应善待她的儿子，这让她有点动心。但是儿子坚决反对她再婚。思虑再三，她最终妥协了，跟那人分手，后来就一个人到处打工，养活儿子和自己。她的人生，充满辛酸。半个月前，她被查出患有淋巴癌，晚期。住院十天后，她的生命走到了尽头，她去了天堂。

知情者说，她是被活活气死的。从年轻一路走来，她一路顺风，嫁给了自己深爱的男人，拥有幸福的婚姻生活。有了儿子，她更加快乐。所以，人到中年，人生陡然拐弯，驶入低谷，让她怎么接受得了？如果她是一个平常女子，相貌平平，也就罢了。可是她貌若天仙，性情又好。这样一个接近完美的女子，心性怎么会不高傲？那骨子里的要强，是一定会有的。她认定自己这一生一定会幸福，所以她无法接受眼前的现实，耿耿于怀，难以消解，最终搭上了自己的性命。我想说，生命短暂，请善待自己，珍惜生命中的每一天。

我想说，人生漫长，天涯何处无芳草？生命丰美，内涵广阔。女人的一生，婚姻固然重要，但相比起生命来说，婚姻不是最重要的。人生的内容，并不只有婚姻两个字。无人可爱，我们可以爱自己。没有爱情，我们还可以拥有快乐。

女人，不要把眼睛只盯在婚姻上。一个女人的一生，如果只围着一个男人打转，真是一种悲哀。身为女人，美丽永远，爱家人，更爱自己。

没有爱情，我们依然可以拥有幸福，圆自己的诸多梦想。比如学习更多的知识，充实自己的人生。结识更多的朋友，享受友情的关怀。善待身边的每个人，享受灿烂的阳光，美好的四季。看岁月更迭，心情诗意。人生的幸福是多方面的，婚姻只是其中一项而已。聪明的女人，更注重完善自我，不断进步。

我坚信红尘间真爱永存。当爱情还没来敲门时，我愿意充实自我，善待人生。没有爱情，我可以全心全意地爱我自己。

女人们,没有爱,就拥有幸福吧。面对自信的女人,爱神定会眷顾,那爱情就在不远处等着你。

第四辑

离婚再婚也幸福

当初相遇时，爱情无比美好。随后结婚了，对婚姻充满期待。最后无奈分手了，彼此成为路人。对此，有的人无比颓丧，认为人生从此没了希望，患得患失。其实从另一方面来看，分手也是一种出路，可以重新选择共度一生的伴侣。经历风雨，心灵愈发成熟，对爱情的认知更加深刻。人生路上，安静地等待吧。坚信红尘中那属于你的另一半，有一天会悄然到来，牵着你的手，从此与你不离不弃，一生相守。

最熟悉的陌生人

走出围城时，我们说得好好的，做朋友，很好的朋友。他对我说，其实我们只是解除了法律上的夫妻关系，而我们实际上依然是一家人。我怀着美好的想象认可他的话。而实际上，是我大错特错了。

分手后，他立刻再婚。他的新家，我不好意思进入，只好不去。想象中的周末的幸福时光，带着儿子和他一起散步，也从来没有发生过。他有了女儿，新妻带来的。他经常和新妻带着女儿散步。而当我生活中出现麻烦，想起当初分手时他给我的承诺——有了困难就来找我，拨通了电话的手，最终犹豫了半晌，还是停住不动了。既然已经分手，就不要打扰他吧。正应了那句话——分手了，就别再来找我。

曾经热衷于同学聚会。多年不见的同学有缘相逢，自然喜出望外。可是见了几次，觉得索然无味。原来，人生中太多的时间是自己一个人走过的，和同窗共读的同学没有多大关系。所谈论的，也只限于学生时光的那点记忆。生活不断向前，如果总向后看，有什么意思呢？

人都是孤独的。在孤独中，我开始了一段浪漫的网恋。每天，打开邮箱，看到他写来的情书，让我怦然心动。每天，打开QQ，一朵朵玫瑰花绽放眼前，令我笑靥如花。我们海誓山盟，相约一生相伴。而幸福的时光总是那么短暂，不过一年半载，情感降温，激情退却，情书无踪，玫瑰也不再出现。心照不宣，彼此还会在同一个时间段上网，但看到对方彩色的头像闪动，却再也不会欣喜地去点击。心若止水，誓言就变得如此可笑，不堪一击，只能尽付风中。

时光如流，生命静好。我终于明白了，原来，生命中的这些人，只和我一时有缘，其实都只是我身边最熟悉的陌生人而已，认识，却不甚了解；了解，却难以相守。顺其自然，随遇而安，是最洒脱的人生态度。因为这些人，在我困难时难以启齿去求助，在我快乐时也无暇分享我的欢愉与开心。我的人生，只是他们眼中的风景，可以看，兴趣很浓；可以听，妙趣横生，但不可能太深入，成为风景中的一景。

那么，我愿这些最熟悉的陌生人过得好，快乐幸福。因为对他们来说，我也只是他们心中最熟悉的陌生人而已。隔着岁月的河，忘不掉又记不牢，想得起却又用不上。最熟悉的陌生人，是一种现实的存在。

爱我，就请为我煲碗汤

人都说，恋爱中的女人智商为零，这话一点不假。

十年前，爱上了一个帅哥。结婚后才发现，原来帅哥除了帅、贪玩之外，什么也不会干。俗话说，妻性都是逼出来的，是母性与女儿性的结合。我爱他，所以凡事无师自通，学会了所有家务。

帅哥有个头疼脑热，仿佛天塌了一般，忙得我像陀螺一样紧着转。煲好热汤，一勺勺喂他。他爱上了这种享受，心情一不爽，便装病以求得此温柔。我知道，可是我爱他，我愿意照顾他。

问题是，这汤煲来煲去，一年到头随季节变换，帅哥老公却并没有学会做其中任意一种。耐心地煲一锅汤，需要时间。守着小小的砂锅，我深情地回忆我们相爱的点点滴滴。这锅汤，便充满了爱情的味道。曾想过，会一生好好地爱他。没想到，因为一碗没喝上的汤，我们分手。

结婚十年，我没得过什么病。结果一得病便不轻：重感冒，加上极度胃痛。他见了，端一杯水，冷的，放我身边，说，吃点药就好了。我说，我想喝碗汤暖暖胃。他说，我不会做。我说，不要紧，我教你。他答，太麻烦了，我还有事，先出去了。

门关上，人走了。这段持续了十年的爱情，就此画上句号。

后来，我又认识了一个男人，文章写得极好，体贴我，也是真心。真的想嫁给他，红袖添香，举案齐眉，那是多么幸福的人生。

在美好的憧憬中，我病了，依然是胃痛不止，而我只想喝碗汤，一碗清淡的、舒爽的汤，只要几片碧绿的青菜叶，有金黄的蛋花飘散其间即可。但一定要热乎乎的，能够温暖我冷寂的胃。

他有点手足无措，你想吃点什么？我摇摇头。他想了想，出了门。两小时后，他回来了，双手捧着一碗汤，是我爱吃的粉丝丸子汤。雪白的粉丝，可爱的牛肉丸子，几片碧绿的菠菜，几只香菇，几片红色的西红柿，鲜香美味的一碗汤。

热泪缓缓而下。爱我的人，懂得我的心思，只赞过一次这汤可口，他便记在了心里。

我回家做的，好吃吗？

此时，才明白，人生于我，不过是需要一个爱我的男人，肯亲自下厨，为我做这一碗汤而已。

四十岁的浪漫

人生路上一路走来，历经坎坷，几乎没存下什么东西。跟一个男人离婚两次，独自抚养儿子长大，要想存点钱就更不容易了。

当他走进我的生活时，心灵的默契，思想的一致，使我们的恋情进展很快。我必须决定，是孤独一生，还是驶向爱的港湾。儿子说，你的事你自己决定吧。儿子长大了，懂事了。带着歉疚的心，把不多的财产留给儿子。我对他说，我现在一无所有，只有自己。他说，你来，就是我一生最大的幸福。奔着幸福去，我终于和他相拥在一起。

他问我，想要一个盛大的婚礼吗？宾客如云，场面宏大，你穿着洁白的婚纱，笑靥如花。有一个司仪，祝我们白头偕老，当众宣读结婚证书。然后我们互戴戒指，亲友代表一一讲话，我们不停地向来宾敬酒。晚上，还有熟人要闹洞房……我说，人生不是表演，婚礼也不是舞台，这些我都经历过，全是过眼烟云。婚礼与否并不重要，重要的是，我们彼此相爱。

他说，那至少也要买一对钻戒吧，这可是婚戒，意义重大。我说，婚后的生活更需要钱，婚戒嘛，买一对银戒指就可以了，抛光的，同样非常漂亮。他说，我想带你到全国旅游度蜜月。我说，不必了，和你在一起，就是幸福的天堂。其实我心里清楚他的为人，单身的他至今未婚，自由惯了，一向存不住钱，有多少花多少。加上他有颗侠义之心，经常对朋友两肋插刀，积蓄就更少了。我明白他的想法，他宁可借债，也要满足我的所有愿望。

没有婚礼，不去旅行，没有洁白的婚纱增添我的美丽，也没有盛大的热闹场面让我日后慢慢回想，我和他只是请他的家人及朋友吃了一顿饭而已。那顿饭是我亲自操办的，只花了二百元钱。

每天清晨，当第一缕阳光射入窗内，身边的他还在酣睡，呼吸平稳。我对自己说，你很幸福，你不孤独。每个宁静的夜晚，枕着他的手臂进入甜蜜的梦乡，我拥有静谧的快乐。

一起去上班，下班一起去市场买菜，回家一起择菜，同时闲聊家常。他能做一手好饭，还总是谦虚地说，感谢你喜欢吃我做的家常便饭。饭后我们各玩各的电脑，网上有幽默网文或有趣的新闻时，他便叫我过去一起看。会心一笑，生活很轻松。周末我们携手去看电影，他买了票，总不忘买我爱吃的零食，然后一起入场，安静地享受电影带给我们的快乐。月光明媚的夏夜，我们一起谈诗论词，琴瑟相知，高山流水，知己相伴。

年已不惑，我欣慰于自己依然有勇气在选择爱情时忽略物质。我欣慰于自己依然能够忠实于内心的声音，没有错过这份真爱。

年已不惑，历经风雨。我终于明白，平平淡淡才是真。我终于摆脱了虚荣，不再奢想其他，只要一个心疼我的爱人伴我一生。我终于明白，对一个女人来说，她所需要的，只是一份简单的爱情，与金钱无关，只与心灵有关。

心中有爱，“裸婚”也是幸福的。四十岁的浪漫，于我，就在一粥一饭间，就在每日的问候里，就在紧握的双手中，静静流转。

美丽是一朵绽放在伤口上的花

她的人生一直很顺利。恋爱，结婚，生子，顺理成章。婚后两点一线，单位、家，家、单位。对她来说，上天如此眷顾，让她心满意足。她觉得自己什么都有了，家庭幸福，儿子可爱。她沉浸其中，以为幸福必将永远。她是天生贤妻良母的料儿，家务全包，任劳任怨。但不幸遭遇“七年之痒”，老公变心，有了外遇，所以最终他们还是分手了。

她知道自己相貌平平，工作一般，毫无出众之处。但上天眷顾她，让她拥有以往的幸福人生，她便以为这是理所当然。现在，婚姻破裂，她揽镜自照，终于相信命运所系。那就是，不漂亮的女子天生悲哀多，幸福握不牢，很难持久。所以，在痛哭之后，她也就无奈地认了命。默默地从家里搬了出去，心里慨叹，幸福就是一只高飞的小鸟，它可以在你肩头栖息，但最终依然会飞走。

孤独的日子里，终日以泪洗面的她，人生无比灰暗。为了打发寂寞，总得找事做。于是她学着绣花，照着图样绣十字绣。

后来，单位破产了，她成了失业大军的一员。人到中年，没有一技之长的她，站在繁华的都市街头，最终想到了自己擅长十字绣。于是，她拿出自己不多的一点积蓄，开了一家小小的十字绣店面。店很小，十平方米，只能放下一张床、一张桌子，但却是她能够遮风挡雨的地方。她很知足。

一位顾客走进小店，买下了一幅奔马图。她握着那不多的几张钞票，竟然激动地哭了起来。可以养活自己了，这是她最骄傲的，她更热心于十字绣，这使她的生活变得美丽、丰富、充实、美好。

有一天，一个中年男人闲逛至此，因为小店里的精美十字绣而停下脚步，含笑问她，这些都是你绣的？真美！

以为他是在夸她的绣品，她说，哪里，哪里。没想到他凝视着她说的却是："绣品美，你更美。娴静温柔，宁静娟秀，真的……"

一瞬间，她不敢相信他的话，之后，心中便又释然了。原来，生活中的每一天，她在绣花的时候，她的气质也愈发美好，变得诗意。

在他鼓励与欣赏的眼神下，她终于对自己有了一份难得的自信，对他微微一笑，脸颊飞上两片红霞。是的，她对眼前这个斯文而极富内涵的男人，也很有好感。她对自己说，当幸福到来的时候，不要拒绝，顺其自然就好了。

他约她吃饭，经常来买她的绣品。后来，有一天，黄昏时分，夕阳如画。他握着她的手，说爱上了她，愿意跟她共度一生。他问她，你愿意吗？她沉吟良久，说，让我考虑一下。

她依然是对自己没信心，尤其是对自己的容貌。在内心深处，她依然觉得，只有美丽的女人，才会拥有真正的幸福。

有一天，她去他家做客。他亲自下厨做了一桌菜。她说，真好吃，我尝到了幸福的味道。

他拉她到胸前，一个劲儿地夸她漂亮，可爱，无比美丽，是他心中的女神。她摇头不止，微笑不语，因为她不信。

于是他拉她到镜子前，让她看自己。真的，双眸清亮，肌肤如雪，发如瀑布，神采飞扬的她，真的好美。

原来，在不断地自我充实中，女人一定会变得更加美丽。岁月的长河中，经受着时光的雕琢，她依然保有心灵的纯真，善良与质朴，所以无比美丽，趋于完美。

外表靓丽的女人不一定幸福，而幸福的女人一定个个都很美丽。那发自心灵的纯真，自立自强的个性，绝对能够让相貌平平的女子，在瞬间脱胎换骨，变成光彩照人的美丽女人。

原来，美丽是一朵绽放在伤口上的花，历经风雨，才会更加绚丽，常开不败。

好姻缘让女人貌美如花

与同一个男人离婚两次，我的人生很坎坷。再次步入围城，难免左顾右盼，心怀忐忑。因为曾经的婚姻让我日渐憔悴，在日复一日的操劳中变成“黄脸婆”。往事不堪回首，重新开始上路的我，真的是小心翼翼。

宽厚的他，对我的心情了如指掌。他言语不多，一切全在行动里体现。

每天清晨，他一定会提前两小时起床，将红豆、花生、葡萄干等用清水浸泡。两小时后起床，去厨房煮出一锅香甜的粥，盛两碗，放在餐桌上。然后布好小菜和热腾腾的花卷，再叫我起床吃早餐。坐在桌前，一起吃饭，我热泪盈眶。因为以前，这些都是我做的。多年来，习惯于给别人做早餐，从来没吃过一顿现成的早饭。

晚餐也是他做的。他先问我，晚上想吃什么？我说，随便。能吃上现成饭，我心满意足。他说，那好，你看我的。晚餐的桌上，全是我爱吃的菜，但分量减半。他说，晚餐适量即可，不可贪吃，这样对身体好。餐后，一起看电视，他用心削好一个苹果，递给我，说，每天一个苹果，是对女人最好的滋养。

我的皮肤偏干，他便买保湿霜给我，说，水嫩嫩的女人，永远年轻。

以前，无论我穿什么样的衣服，那个跟我无缘的人都说不好看，弄得我自信心逐日递减，很久没买新衣服了。现在，和他在一起，无论我穿什么衣服，他都说好看。随手在我腰间系上一条银链，或在胸口别上一枚蝴蝶胸针，或在腕间戴上一只翡翠玉镯，或在耳畔添加别致的满天星耳丁，或在颈间系上一条绯红的丝巾……我优雅的气质便呼之而出，成熟的风韵立刻显现。我终于明白了，只有爱你的人，才有这样的耐心打扮你，并且真心欣赏你。于是，在他柔情的注视下，我这朵女人花，重获生机，美丽地绽放。

年已不惑，青春不再。而我终于不再担心，华年已逝，独自终老。原来红尘间，不是没有爱，而是看你有没有耐心等待爱的到来。在不懂得体贴的男人那里，女人会逐渐枯萎。那枯萎的，不只是容颜，还有渴望关爱的心灵。而在真心喜欢你的男人那里，共浴爱河的女人才会花一般绽放。那绽放的不只是美丽，还有青春的回归。

好姻缘让女人貌美如花。我终于明白，以前多年来尽了所有的努力，想讨男人的欢心，想留住他多变的心，是多么愚蠢。原来，红尘中，总有一个人，那个欣赏你，喜欢你的人，才是你最般配的知己。般配，不只是指外貌，更多的是指精神的契合，心灵的相知，思想的一致，境界的统一。只有在这样的男人面前，女人花永远盛开，就连皱纹都那么美丽。

爱你，这一生我给你三次出轨的机会

平生最痛恨男人出轨。所以，当那个我一心爱着的男人有外遇之后，我坚决地跟他分手了，而且自认为自己做得极其正确，从来不曾后悔过。

当爱情再度到来，他问我，人生充满变数，如果偶然有一天，我在无意当中出了轨，你能不能原谅我？他说，如果真有那么一天，你一定要明白，那不是出于爱，而是源于一时冲动。

这个问题，我没有立刻回答他，而是想了很多，沉思了许久。年已不惑，我成熟了，有豁达的心，有了宽容的情怀。看了《奋斗》之后，我心里有了答案。一颗心，从容而明澈。

当向南最终回到杨晓芸身边之时，瑶瑶独坐家中，黄昏中点亮一盏台灯。幽幽的一室孤寂，让向南忍不住流下了眼泪。瑶瑶真的爱他，他知道。瑶瑶何等心痛，他也知道。他问瑶瑶，你怎么不闹？瑶瑶泪光晶莹，语气平静地说：我知道你是个很浪漫的人。从一开始，我就发誓，这一生一共给你三次出轨的机会。这是第一次，你已经使了。

欣赏瑶瑶，她不及杨晓芸漂亮，不及夏琳聪慧，但她是站着恋爱的女子，珍重自己，风度非凡。恋爱失败了，更加保重自己。

时代在进步。现如今，人们对婚姻的态度也与时俱进。强令男人不能出轨，实在是有难度。红尘中，诱惑无处不在。男人如玉，纵然略有瑕疵，也自有其值得珍视的价值。如果偶有失足，放纵自我一回，女人又何必“有眼不识金镶玉”呢？说这话绝不是偏袒男人，而是客观公正地指出，让男人从一而终，现实生活中有多么难，真的是不切实际。而瑶瑶的“一生给你三次出轨的机会”，让人深深感到，于委屈和隐忍中，瑶瑶对向南的爱，真的是太深了。

瑶瑶她之所以这样说，是因为她认为在爱情这架天平上，向南值得她给出这样宽松的条件，这也是她对向南流露出无比珍惜的另外一种表达方式吧。有一点无奈，因为事情已经发生了。但更多的是从容面对，解决问题。瑶瑶的真挚与坦诚，让向南内疚地潸然泪下。瑶瑶的豁达与大度，包含着人生的大智慧。

于是，我对他说，因为爱你，这一生我给你三次出轨的机会。因为大千世界，诱惑无穷。我希望人生路上，你能经受所有的考验，但我也清楚，凡事百密一疏，什么事都有个万一。所以，请你善待这三次出轨的机会。因为，用完了这三次机会，我们的爱情也就走到头了。因为爱情也是有底线的，没有底线的爱，就是无尽的放纵。爱人拥我入怀，对我说，感谢你的大度。有你的信任，我想我会经得住任何诱惑。外面的世界虽然精彩，但这世上最能包容我的，还是你温暖的怀抱。

我说，是啊。但愿天下的男人们，都能明白女人的良苦用心，不要轻易动用这样的机会。因为它就像潘多拉魔盒一样，欲望一旦打开，心放出去了，想收回来就难了。

钟情土豆

小时候家境贫寒，土豆是经常吃的菜肴。时光流逝，我长大了，工作了，结婚了，依然对土豆情有独钟。

在婚姻的海里两度沉浮，最终只剩下自己。孤独的日子实在漫长，让我对爱情重新充满渴望。母亲说，这次一定要找一个能吃到一起的人。两个人如果连饭都吃不到一起，那日子肯定是没法过的。

一次聚会上，面对满桌珍馐，我却执意要再点一道酸辣土豆丝。没想到竟然有人附和我的提议，说，好啊，我也喜欢吃。菜上来了，我们一起分吃，感觉惬意无比。他说，为着咱俩这个共同的爱好，明天我可以请你吃饭吗？就这样认识了，成了朋友。再后来，土豆为媒，情定今生。蜜月旅行，相约土豆。每到一处，我们必定要点一道以土豆为主的菜肴，饭才吃得香。

置身内蒙古大草原，心旷神怡。土豆丸子，愉悦身心。红皮土豆擦成丝，胡萝卜擦成丝，把它们拌到一起，红白相间，分外好看。放盐，加点醋调味，放一点面粉拌匀，做成丸子。上笼蒸熟，盛到盘中，圆圆滚滚的土豆丸子，香味扑鼻，尝一口，滋味独特。

人在西藏，吃到土豆酥油包子，别具特色。先把煮熟的土豆去皮，放在盆里用手揉成土豆泥。随后加入酥油一块，继续揉搓。再加入牦牛肉丁，适量的盐拌匀，馅就调好了。一个一个地包成包子，蒸熟就可以吃了。味道很特别，绵软鲜香，富于营养。

人在成都，尝到地道的青椒土豆丝回锅肉。五花三层，肥一层瘦一层的肉切成小块。肉要事先煮一会儿，放姜片蒜片，葱头和花椒。煮至八成熟捞出，沥干水分备用。这样煮好的肉，肥而不腻，口感极佳。炒好青椒土豆丝，放入肉块，快炒三分钟，放盐，鸡精，就可以出锅了。这道菜，荤素搭配，营养均衡，鲜香美味。

人在杭州，品尝到有名的土豆笋干腊排骨。土豆削皮切滚刀块备用。先将切成块的腊排骨放锅里小火慢炖二十分钟，随后放入事先已泡发过，切成段的笋干，最后放入土豆块，放一点生抽，滴几滴蜂蜜，小火慢炖一会儿即成。这道菜用砂锅烹制最好，端上桌，热腾腾，香喷喷，格外诱人食欲。腊排骨风味绝佳，软嫩酥香。笋干回味无穷，土豆浸透了排骨汤的汁，美味无比。

人在沈阳，东北大酱小土豆我们都格外青睐。小土豆真的很小，玲珑袖珍。当锅中油热后，放入花椒、八角、葱末炒香，随后放入洗净的小土豆，翻炒几下。放入东北大酱，加一点水，小火焖煮十五分钟即成。出锅盛盘，撒一点香菜，就可以吃了。这道菜基本上不用放盐，因为东北大酱本身味道就很咸了。乡情淳朴，咸鲜可口的东北大酱小土豆要用勺吃，一口可以吃掉两三个小土豆，非常过瘾。

人在海南，品尝到牛腩炖土豆。牛腩先行烹煮，放入冰糖、生抽、蒜头，快熟时放入土豆块。鲜香酥软，非常下饭。

人在延安，吃到了传统美食洋芋擦擦。先将土豆用擦子擦成寸长的薄片，拌入花椒、葱丝、姜粉、盐等，同面粉搅匀，上笼蒸熟。食用时，盛入大碗，调入蒜泥、辣面、酱、醋，葱油或香油，就可以吃了。造型美观，味道独特，香辣可口，乡风扑面。

旅行结束，返回家中。一粥一饭，我们都喜欢琢磨与土豆有关的美食。相敬如宾的日子，细致安稳。我做土豆卷饼给他吃。先炒好土豆丝，然后在锅中烙出一张张又软又香的薄饼。吃的时候，将一撮土豆丝放在一张饼上，卷而食之，别有风味。他回敬我一道油煎土豆盒。土豆洗净，制成合页状。打开塞入肉馅，先蘸面粉，后蘸鸡蛋液，然后下锅油煎。金黄酥香的油煎土豆盒，好吃极了。

钟情土豆，情定今生。与土豆有缘，我们亦与爱情有缘。

幸福绽放

离婚五年，年已不惑的我，终于可以作为旁观者，去细看婚姻的本质了；终于有了闲适的心情，可以从容地剖析婚姻的肌理了。

蓦然发现，原来单身生活也是一种幸福。再不用伺候婚姻中的“领导”，每日烹煮四菜一汤，还要用心在意，不断变换花样。不用委屈自己，在忙了一天之后，还要洗那些永远也洗不完的臭袜子，更不用闻那呛人的二手烟了。再不用日日担心婚姻里的那个人有心出轨，也不用夜夜猜测围城的城堡是否牢固。再不用时时看他的脸色，不必句句用心揣摩，以便识破他的谎言。再不用翻看他的手机，机关算尽地破译那些莫名其妙的肉麻短信。离开了那个一直没有给我安全感的男人，我终于能够睡个踏实觉，做个香甜梦了。卸下了心灵的千斤重担，我的人生路上便一路风景。抓紧时间去实现梦想，读书、写作、弹琴、下棋，我的人生很充实。

离婚了，自己挣钱自己花，经济上的独立让我无比洒脱。同事惊呼，你越来越漂亮了；朋友艳羡，你越来越时尚了；亲人惊叹，你越来越有气质了。是的，对我而言，单身生活是一种幸福，因为单身，我可以自由地向往美好的未来。

当一份美好的爱情出现在我面前时，我不是惊喜，而是畏惧。痛苦中，我恍然明白了，曾经不堪回首的往昔，让我的心近乎麻木了，让我心灵深处感知爱的能力，以及接受爱的能力都退化了。原来，在历经磨难之后，我对爱产生了怀疑，继而不再相信爱了。我想以我的冷漠，让他从此离开我。

金秋时节，他带我去郊外赏秋。原野苍翠，红枫满天。他说，经霜的枫叶更红，疾风过后草更劲。经历过那样的坎坷，现在的你，从容优雅，慧眼在心。那么，你还会那么没自信吗？现在的你，还会被什么事压垮呢？

紧握住他的手，我心头疑虑顿消。是啊，走过人生的泥泞，我的人生一路阳光。那又为什么，一定要拒绝真爱呢？爱，真正的爱，在红尘中，本来就是一直存在的啊！

原来，幸福是一朵绽放在伤口上的花儿，经历了风雨的洗礼，愈发艳丽，芬芳我的人生。

“低碳爱情”更长久

经历了人生的风雨，走过坎坷，笑迎风霜，不惑之年的我，经过认真的反省，最终坦然地承认，我以往的婚姻很糟糕。

因此，当爱情再次光临，我对他说，让我们谈一场“低碳”爱情吧。他说，“低碳爱情”，好新鲜的词汇。好啊，我一切听你的。

他要带我去酒店消费，我婉言谢绝了。我说，我的厨艺很好，我做给你吃。四菜一汤。色香味俱全，他连声赞叹：好吃！

周末相约出游，我放弃了高跟鞋，穿一双合脚的平底鞋，健步如飞。他说开车去吧，很快的。我说，骑车去。于是我们一人一辆自行车，向郊外进发。郊外一片美丽的秋景，枫叶火红，郁金香美丽。

傍晚在湖边垂钓。钓上来的鱼，现烤现吃，非常新鲜。

晚上，夜宿湖边。一人一个睡袋，兴奋得睡不着，我们一起遥望星空，聊我们的未来。他说，我们这是环保型爱情。根据婚恋匹配原则，“低碳”的婚姻幸福感更高、更稳定，希望我们能够最终成就高效“低碳”的幸福爱情。我说，士别三日，当刮目相看，关于“低碳爱情”，你现在懂得比我还多呢！他笑着说，当今形势，大势所趋，“低碳爱情”成了潮流。我的思想也不能落伍啊，所以奋起直追，力争跟上时尚新趋势。

订婚时，他坚持要买钻石戒指，我拒绝了。因为我曾有过那样的东西，但我以往的婚姻还是以失败告终了。表面的形式是无所谓的，我更看重爱的实质。本着“低碳爱情”的主旨，我们最终没有买戒指，而是买了一只蜜蜡手镯。颜色漂亮，晶莹剔透的珠子，翡翠一般的墨绿。我满心欢喜，因为它是那样光滑润泽，质地精良，而且价格便宜。他亲手为我戴在腕间，令我微笑如花。

从来没想到要买一款价格不菲的LV包，我的手提包是“美丽”牌，那是我亲手制作的珍珠包。精致可爱，小巧玲珑，色彩绚丽，美不胜收。用丝线串上珍珠，一点一点地编织，心情静谧而美好。他的毛衣是“温暖”牌，是我亲手织的，厚实温暖。

阳台是一个小花园，一盆盆鲜花争相绽放，花香袭人。大叶海棠、太阳花、长寿花、君子兰、令箭荷花……我告诉他，它们是居室的空气净化剂。于是他的热情也上来了，买了含羞草、吊兰、文竹回来和我一起养。他说，绿叶植物效果更好。

我喜欢看电视，往往一坐下就起不来了，直到在沙发上睡着才罢休。他说，久坐不利于健康。晚上拉着我出去散步，他问我，多久没看见月亮了?我说，很久了。一直以来，早上出门上班，傍晚下班只能看到夕阳，晚饭后一直看电视。他说，这就是典型的现代都市症。在钢铁森林中待惯了，与月亮也就不亲近了。

后来我习惯了晚饭后散步半小时，拉着他的手，慢慢向前走。秋日的晚风轻轻吹拂，我觉得无比幸福。

“低碳爱情”很健康，我终于走出了失败婚姻的阴影，也终于懂得了让爱情永葆新鲜的秘诀，那就是：相聚是缘，平淡是真；杜绝奢华，回归质朴。

爱你不来打扰你

他们相爱了，然后顺理成章结婚，日子过得平淡而温馨。当然，也时有吵闹。吵架时，她砸杯子，他砸茶叶筒；她摔遥控器，他扔板凳。等吵闹过后，打扫战场，她砸坏的东西，只能当垃圾扔了。他砸过的东西，则可以继续使用，一点事儿也没有。这使她更愤怒，她说，没想到你生气时都这么理智，你根本不爱我，我们离婚。

第一次提到"离婚"这两个字，她和他同时都怔了一下。但此后，她更加频繁地提到这两个字。每次他都保持沉默，等她吵累了，端杯水给她，说，渴了吧？润润嗓子接着来。她更生气了，推开杯子，说，你这人真是冷血动物，什么也无法激怒你。这婚我离定了。

这样的次数多了，他的耐心终于熬光了。在一次她大发脾气后（其实只是因为他下班时忘了买菜回来），他慢悠悠地说，别吵了。我同意，我们分手吧。

他们就这样分手了。

两人住得不远，又在同一单位上班。上班，她遇上他，他朝她微微一笑；她则板着脸，假装没看见。下班，她也常碰上他，他还是微微一笑，不言不语；她觉得他好虚伪，一点笑容也不肯给他，每次都是扬头走开。

她逢人便讲他的不好。

他的朋友对她说，他从来没说过你什么地方不好，只是说你脾气暴躁一点。他总是说你其实很可爱，可爱在直爽、真诚，热情而善良。

她不信。

他的朋友说，你还不明白，其实，他一直是那么爱你。因为爱你，他从来不来纠缠你，让你的心平静。因为爱你，他遥望你的生活，而从来不来打扰你。他在心里祝福你幸福。虽然这幸福，他也给得起，但是你不懂得珍惜，也不明白他的心意。所以，他只能在心里祝福你。

这话让她想了许多。是的，她看到了，许多分手的夫妻，形若水火，见面就互相嘲讽、谩骂，互相说对方的坏话，揭对方的短，简直是不共戴天。

她终于明白了他的好。

她终于懂得了，这世上，有一种爱叫眺望。爱你不来打扰你，是爱的至高境界。

有一种爱叫保密

人生真是奇妙。当初偶然相识，一眼就看上了他，觉得他是那么完美。于是，不顾全家人反对，非他不嫁。时光如流，婚姻的琐碎，家务的繁重，磨光了她的耐性。两个人天天在一处，她看到的全是他的缺点，一点家务不会做，工资不高，不懂浪漫……

吵架是不可避免的。他指责她婚后像变了一个人，张口就是钱钱钱。她反驳道，没钱怎么过日子？跟着你，喝西北风啊！他怒道，我没钱，你找有钱人去！她一跺脚，找就找，离婚！

分手后，她去了南方。人在异乡，格外寂寞，往昔历历，挥之不去。记忆如潮，一浪浪高涨，她便一遍遍说给别人听。

三年后，她从南方归来。回单位上班第一天，她竟然巧遇他的新妻。她默默地想，原来，他从来就没有爱过我，刚分手就投进了别人的怀抱。

那女人看上去温婉秀丽，邀她午休时一起喝茶。本来应该拒绝的，可是，她却一口答应了。这决定，让她自己也万分吃惊。

茶吧音乐低回，她静静地听那女人述说。原来，在那女人心中，他爱的依然是她，而不是自己。证据是，那女人曾经无数次追问过他与她共同生活七年的点点滴滴，而他，却一个字也没有说过。她听了，不以为然，轻问一句，这能说明什么？

那女人轻叹一声说，怪不得你们会分手，你真的没有读懂他。这说明他依然爱你，你们的过去，只属于你们两个人，那是你们共同的秘密。

一语惊醒梦中人。此时，她才明白他的爱是何等深邃，他的心胸是何等宽大。爱在心头，是需要时间去验证的。爱的方式，是需要心灵去感悟的。她终于明白，尘世间，有一种爱叫保密。回想起从前的一切，看到了他的宽容与忍让。啼笑因缘，夫妻琐事，生活中不无艰辛，却也充满乐趣。原来他在用自己的方式表达爱情，那就是：爱你，将与你有缘的日子尘封于心，不说给任何人听。这种爱，其实也是一种尊重，尊重曾经共度的岁月，尊重彼此曾有的相守。也正因此，那曾经共同经历过的酸甜苦辣，如窖藏的美酒，愈加甘醇。岁月不老，记忆生香。原来，这世上，有一种爱叫保密。

坚守心中的爱情磁场

男人心大，还善于把心分成若干小格，一格藏一个女人。且管理有序，应用自如，并极善于区分每个女人的功用。比如妻子，操持家务，相夫教子，留守家中，天生“黄脸婆”的命。而情人是要宠的，要哄的，像养一只可爱的猫。因为情人都有一个共通之处，那就是——温柔。除此之外，若干红颜知己，用来填充对完美女人的无穷想象，自然也不可或缺。如此以来，围城中的女人们，防火防盗防小三，时刻警惕外人闯入，自认这是理所应当。

我本人也曾基于这种观点，对婚姻严防死守。翻看手机，跟踪前往，查话费清单，并格外擅长推理分析。发现男人出轨便严词怒斥，甚至以自杀相威胁，死缠烂打到底……尽管如此，最终的结果依然是彻底分手。

单身的日子，深入思考婚姻的实质，终于有了自我反省的意识。婚姻解体，我也有责任。凡事一个巴掌拍不响，我的愤怒、急躁，使他更迷恋情人的温柔，使我最终彻底失去了婚姻。

吴淡如说：婚姻应该是一个磁场，而不是一根绳子。绳子会让男人有挣脱的欲望，而磁场却能给男人自由的假想与永恒的诱惑。

对照这句话，我反省自己。是啊，我曾经的婚姻，令人窒息，它就像是一根绳子，让他时刻想要逃离。如果当初我能够示以柔情，用往昔的回忆打动他，以谅解的心态等待他回头，并能够主动与他的情人对话，掌握主动权，也许形势就是另一个样子了。

喜欢乐嘉对爱情的态度。他说,男人和女人都是自由的。我敢对我的爱人说,你是自由的。如果你想离开,我决不拦你。我也一样,如果你魅力不够,我要离去,请你也不要拦我。我想乐嘉之所以这么洒脱,是因为他深刻地懂得,强扭的瓜不甜。得遇知己,志趣相投,心有默契,自然长久。一句话,在爱的磁场里,彼此欣赏,一生相伴,是真爱的至高境界。

离婚五年,我有了新的爱情。我爱他,如痴如狂,但他反而对我那么冷淡。经过认真思考,我明白了,当爱情变成了一根绳子,任何男人都想挣脱的。于是我把目光从他身上收回,更多地关注自己。不刻意打电话给他,一条短信我也懒得发。他出差我假装不知道,送都不送。他送我的礼物,淡淡地道声谢,并不喜形于色。不急着要见他的家人,不着急再入围城。呷着咖啡,我对他说,我还没玩够呢。

初春时分,独自踏青,赏花,心情惬意。业余时间,去健身、游泳,逛商店,买时装,开心无比。宁静的夜晚,伴着茶香静谧地读书,心灵充实。这下他可沉不住气了,到处找我,要知道我的去向。他说,你是我心灵深处的"百慕大",我义无反顾地奔向你。爱情的磁场,那不断发送的磁力,终于获取他的真心。吸取以往的教训,这一次,彻底放手,任爱情自由生长,我最终收获了一份甜蜜的爱情。

年已不惑,以一颗沉静的心,坚守心中爱情的磁场,我真的成熟了。

第五辑

爱情可以很潇洒

爱情是一种无私的表现。爱一个人，就是因对方的快乐而快乐，因对方的痛苦而更加痛苦。爱一个人，就是愿意分担对方的不幸，愿意与对方一起奔向幸福的未来。爱一个人，不是相对而视，而是一起仰望同一个方向。所以，爱就意味着奉献，意味着牺牲，意味着忘却自我。因此，如果一个人太过自私，凡事只想到自己，那他基本上就与爱情绝缘了。

我的爱情特别帅

青春年华，美好时光，心中充满浪漫幻想。试问，情窦初开的少女，哪个不善怀春？那时候，我的择偶标准是长得要帅，要会弹吉他。于是便结识了他，又高又帅，弹一手好吉他。动情的歌声令我心花怒放，就这样心甘情愿地嫁给了他。女伴们都很羡慕，说，你的白马王子好帅啊！

可惜帅哥不会做家务，而潇洒又不能当饭吃。当我在单位与家庭间两点一线地来回穿梭，当我疲惫不堪地为他洗衣、做饭，当我尽心尽力抚育我们的爱情结晶时，他却另有了新欢。又帅又酷又会弹吉他，人生路上边走边唱的他，随手便翻开了爱情的新篇章。面对真相，痛心疾首的我，只能选择分手。

独自抚养儿子长大，历尽风雨。人到中年，我发誓要嫁一个比他强的人。于是，我认识了一个有才华的人，大学教授，写一手好文章；思想深刻，谈吐不俗。女友好生羡慕，说，才华横溢，帅呆了。

得意的心情，并没有持续多久。他说他没脾气，离近了才知道他其实很有个性，说一不二。他说他很随和，但对女朋友的要求却又严又多。要笑不露齿，因为他喜欢淑女。要低调淡定，有快乐也最好不要说，要藏着掖着。他写作时我只能在外面逛街，因为他要在绝对安静的地方才能够奋笔疾书。站在繁华的都市街头，我心头无比落寞。想象中一起携手旅游，一起烹汤煮饭的浪漫情景，生活中却从未出现过。而这种只能唯命是从的极其压抑的爱情，促使我最终落荒而逃。我怕跟他在一起时间长了，自己会得抑郁症。

年已不惑，一切看开。我的择偶标准越发简单，爱我，心疼我，就够了。就这样，人海茫茫，遇到一个心疼我的人，我对自己说，不要错过。他对我体贴备至，手机全天为我开着，有空儿就钻进厨房做我爱吃的菜。出差回来，买的全是我喜欢的东西，给自己却连一件衬衫也没舍得买。他说，你是咱家的形象代表，必须重点关注。

有一天，决定嫁给他。因为他说，你是我的骄傲，我以你为荣。听了他的话，心里暖暖地想，一个男人，能这样看重我，那还犹豫什么？

由衷地开心，告诉闺蜜，自己爱情甜蜜，准备结束单身生活。闺蜜劈头就问，他长得帅吗？我微笑作答，他长相一般，不怎么帅，可是我的爱情特别帅。

让爱情自由呼吸

结婚多年，心理上一直缺乏“安全感”，总觉得婚姻不稳固，老公心太花。一时半刻也不敢掉以轻心，生怕有一天老公出轨。

我偷偷查看老公的手机，看到肉麻短信就厉声质问。老公无言以对，只能说，你爱咋想你咋想，反正我对婚姻是忠实的。他越这样说，我越不相信他的话。我调出话费单一一排查，找到一个凌晨5点打来的电话号码。电话拨过去，是一个女人接的。我关掉老公的手机，心在颤抖。检查他的每一件衣服，规定他晚上12点必须回家。控制他花钱的数额，以为这样就可以万事大吉。而这样做的结果，是更加惹怒了老公，我们终于分手了。

时光如流，孤单依旧。时间是治愈心痛的良药。我想找一个人生伴侣，让我的人生不再寂寞。

梁晨走进了我的视线。阳光，帅气；脾气好，会做饭；善于倾听，踏实可靠。但他是未婚。这让我很有些为难。我只想找个离过婚的男人一起生活。因为有相同的遭遇，才会更加理解我，懂得珍惜，懂得心疼我。敏感的话题，他应该不会涉及。曾经的伤痛，他可以尽力避免。我默默地想，一个未婚的大男孩，他能懂得我的心吗？

我跟梁晨认真谈了一次话。我对他说，首先，我承认，我是一个“二手”女人。想当初，青春妙龄的我，在还不知爱是什么的情况下嫁给了前夫，后来因为种种原因分开了。如果我对你说，从此以后不会再想到他，这是假的。我能够承诺的是，所有的前情过往，我会封存于记忆深处，不去触动。人到中年，我们今生有缘，这是我思想成熟的清醒选择。在我的感觉里，你就是我真正的第一次爱恋。

梁晨听了我话，深受感动。他握着我的手说，“二手”女人分两种，第一种，因为燃烧过一次，由于氧气不足成了木炭。但只要给她一点火种，就能收到她的温暖和激情。这种女人更懂得珍惜爱，懂得爱。当然，也有一种这样的“二手”女人，燃烧过一次之后就成了灰烬，激情不再，心如死灰。他说，我的运气很好，找到了前一种“二手”女人，得到了“一手”的爱。

历经波折，我和梁晨幸福地结合了。我们的爱巢里，全是我们新添置的物品。甚至衣物，哪怕我很喜欢，只要是过去穿过的，也不要了。那些带着旧日气息的东西，我把它们打包整理好，交给母亲保管。母亲说，你做得对。人应该轻装前进，不要带着精神包袱。

那次他去外地出差，莫名其妙地不回复我的问候短信。情急下我打电话过去，手机铃声一直在响，他却不接。猜疑与怒气同时迸发，我不停地拨他的手机号码，累得手酸也不停止。害得他跑到公用电话亭给我回电话，说他现在正在与别人谈业务，不方便接我的电话。等他回来了，我当场把他的公文包打开，确定真的没什么可疑之物才放心。他坐在一边看我检查，唉声叹气地说：“我又不是《红楼梦》里的贾琏，潇洒风流。唉，快要窒息了，我出去走走。”

我还满腹委屈呢。于是，找母亲诉苦。母亲听完大笑，说：“你再这样疑神疑鬼，观音菩萨都没法帮你，你们的日子肯定不长久。”我辩解道：“我就是怕婚姻再亮红灯，所以才步步为营，严防死守的啊！”

母亲说：“可是你忘了最主要的一条，那就是，爱情的基础是相互信任。不信任他，你何必嫁给他？”母亲的话让我明白了许多道理。爱情如沙，握得太紧，沙会漏光；爱情如沙，轻轻捧在手心就好。爱情如一个肌体健全的人，时刻需要自由呼吸。如果束缚、猜疑过多，爱情就会生病，严重时会窒息，直至死亡。母亲的话让我陷入深思。是的，母亲说得对。从那以后，他的朋友来访，我倒杯热茶，主动回避，让他们谈个尽兴。我的朋友约我吃饭，饭后去茶室喝茶聊天，他也绝不会催我早点回家，而是打来电话，关心地问："现在街上还有车吗？你们聊，聊够了我去接你回家。"

静静的午夜，我和他促膝交谈。我问他，你如何让我忘却我的前夫呢？他说，我试试。

此后的每天晚上，他都要陪我聊天一小时。亲密交流，沟通思想，让我觉得轻松。原来每个已婚女子都需要一个耐心的听众，那就是自己的丈夫。拥我入怀，轻拂我的秀发，握着我的手，他沉静地听我述说心中的困惑与苦恼，那么耐心。也许，女人天生有倾诉的欲望。也许，并不需要答案，说出来就开心。在他温柔的注视下，在他温暖的怀抱里，我的心平静安详，如美丽的高山雪湖。

不去查看他的手机，因为我放心。偶尔晚归，他一定会提前告诉我，让我先睡，是那么体贴。于不经意间，我发现自己变了。幸福感伴随着我，我微笑如花。有一天，他对我说，我做到了你希望我做的事。我想了又想，是的，不知何时，我已经把前夫淡忘了。

他说，其实，你以往的婚姻之所以难以持续，是因为你心里没有"安全感"。你觉得他像风筝，而线又不在你手中。所以你焦虑，你多疑，你害怕婚姻土崩瓦解，你担心围城有一天全面坍塌。安全感对女人来说很重要。而你的前夫根本无视你的这种心理需求，说到底，是他太自私。或者说，是他不够爱你。真正爱你的人，才愿意听你诉说，愿意为你分忧。

我们深情相拥，幸福在我心中流淌。我庆幸，第二次的婚姻，我找到了一个肯给我“安全感”的好男人。而他之所以肯给我安全感，是因为他爱我，胜过爱过自己。

让爱情自由呼吸，我的婚姻很健康。让爱情自由呼吸，将幸福松紧适度地握于掌中，它便不会流失。

爱你，才愿意为你的快乐埋单

人生坎坷，转眼不惑。说是不惑，其实有时也有困惑。也许真应了那句俗话，恋爱中的女人，智商为零。

两个人选，同样优秀；年龄相当，个性也好。到底该将绣球抛给谁，我犹豫了。据说吃饭最能看出男人的品性。于是我睁大慧眼，仔细观察。

先说那位事业成功的有钱人吧。他是公司副总，开一辆名车，家有别墅两套，身家几百万，经常出国旅游。按理说，出手应该阔绰吧？其实不然。第一次请我吃饭，我说想说水煮鱼。于是他开车带我去了傻子鱼庄，点了一道水煮鱼，38元；一道鲍汁豆腐，10元。水煮鱼上来了，挺大的一盆。两个人吃不完，他要求打包，说带回家当消夜。然后他指着桌上剩的豆腐对我说，豆腐能美容，你打包吧。第二次请我吃饭，他大方地点了一桌菜。快吃完时，他去了洗手间。我深知其意，就爽快地把账结了。他适时出现，一脸笑容，由衷地夸奖我大方。

第三次请我吃饭，他开着车转遍了整个城市，最后来到荒凉的市郊，进了一家小炒店。他摆弄着手中的车钥匙说，你点，想吃啥点啥。于是我点了一道秘制酱香排骨，32元。他一看急了，车钥匙也不玩了，劈手夺过菜单说，你不会点，还是我点吧。看着菜单琢磨半晌，他最终下了决心，点了一道麻婆豆腐，8元；一盘蒜香油麦菜，5元。麻婆豆腐上来，满满一盘。他赞叹不已，啧啧有声。想来居家的他，对自己该有多么苛刻，恐怕顿顿包谷面糊糊加老咸菜穷凑合吧。

另一位是公司白领，有房但不是很大，有车但并不名贵。每次请我吃饭，我不肯点太贵的菜。我知道他要供房，每月要付按揭款。他却知道我的嗜好，点的都是我爱吃的菜。菜上来了，他看着我吃。他喝啤酒，一边跟我聊天，劝我多吃，一定要吃饱吃好。等我吃完了，他才开始吃菜，说，不要浪费，看我风卷残云。他吃得那么香甜，我却早已热泪盈眶，想起了父亲。多年来，父亲就是这样，总是要等全家人吃完才动筷子，把所有的剩菜全吃光，然后满意地一笑，说，看，还得我来打发吧。

我知道他并不是特别富有，所以总是抢着付账。但每一次，他都比我付得早。他说，付账是男人的事，我愿意为你的快乐埋单。他的话，让我的心怦然一动。

最终选择了他，与他牵手同行。因为和他在一起，我很快乐。年已不惑，历经风雨，我终于明白平平淡淡才是真；深深地懂得了，那个愿意为你的快乐埋单的人，才是真正爱你的人。

因为曾经爱过

她是贤妻。所以,当围城倒塌的时候,她怎么也想不通。自己这么好,为什么老公还要有外遇,要出轨?

她闹自杀,割腕,吃药,甚至想到了跳楼。他不为所动,只是淡淡地说,你不想想,你要真死了,儿子就没亲妈了。

万分痛楚地分手后,她怕了男人。好长时间,她不敢轻言再婚。

岁月如流,渴望爱情的她,终于遇到了一个很好的人。不同的是,她离婚了。而他,未婚,刚跟前女友分手。

他对她的好,一点点地融化她心头的坚冰。她爱上了他。但,是否嫁给他,她在犹豫。

他问她,可以说说你前夫的故事吗?

心痛的往事催出她满眶的热泪。她说前夫是如何自私透顶,吃喝玩乐,只顾自己享受的。她说前夫就是一个现代陈世美,真该一刀就让他去见阎王。她边说边骂。

他静静地听她说。等她说完了,他才缓缓地说起自己的爱情故事,娓娓道来,仿佛一首深情的小诗。他夸她可爱,赞她懂事。她问他,既然她这么好,为什么你还要跟她分手?

他笑答,因为她不适合我。他说,有人说恋爱分三个阶段,天使,凡人,魔鬼。现在看来,真的很正确。怎么讲?没在一起时,双方都是天使;在一起时,就过渡到凡人;分手后,就成了魔鬼。因为,大多数离婚的女人都不肯说前夫的好话。以前的恩爱荡然无存,只剩下了怨恨。所以，这样的女人，总让我想到可怜的秦香莲。

她脸红了。

他说，爱过一个人，怎么能总是说她的坏话呢？不愉快的事情我忘了，我只收集与她在一起时的甜美回忆。我认为，这样对她才是公平的。

她心潮起伏。是的，他说得对。她一一想起了前夫的好。离婚时，他什么也没有要，把房子、家产全放弃了。当时她想，这是因为他有外遇，心存内疚。此时，她才明白，内疚应该是有，但更多的，是因为他希望她过得好。

泪光晶莹，收住思绪，她定神凝望眼前的这个人。

他问她，你愿意嫁给我吗？她认真地想了想，点点头。

他握着她的手，轻声问，为什么你这么快就同意了？她说，那是因为，你是一个懂得珍惜的人。如果我们以后分手，我相信，你亦会记住我的好，而忽略我的不到之处。你只会对人说，我们分手，只是因为她不适合我。

一千封情书有多长

结婚十年，日子过得很平静。男人是一家公司的经理，应酬很多，但再晚都要回家过夜。女人对他很放心。

一天晚上，男人进了浴室。手机响了，女人拿起来一看，是一条短信："相识三个月，情深意更长。何时携君手，一同入洞房。"

心，仿佛停止了跳动。女人下意识地打开了发件箱，看见男人发给情人的短信："我好想你，你在哪里？我明白你对我的爱……"

男人出来了，说，今晚有应酬，我出去了。

男人一夜未归，女人心碎了。女人打电话给男人："我知道你有外遇，我知道你跟她在一起。算了，既然你不爱我了，那就离了吧……"男人干脆利索地关掉了手机。

漫漫长夜，女人孤枕难眠。想到此时自己的男人正跟别人亲热，心如刀绞。睡不着，女人坐在灯下，无声地流泪。女人想起一个久远的传说。一个寡妇，终生孤独。每天晚上，在黑暗中，将一百枚铜钱撒在地上，然后一一摸索着捡起，随后心灵平静地进入梦乡。是啊，心灵平静，女人在想这个词。此时此刻，想获得心灵平静，真比登天还难。女人对自己说，一定要想个办法，让自己能够平静地入眠。

三年后，男人回家，直接提出离婚的要求。男人说，你知道的，按照法律规定……女人平静地接道，我知道，按法律规定，事实分居两年以上的，如一方拒不离婚，法院可以强行宣判离婚的。

男人点点头。女人说，其实，你不用来这手的，多麻烦。男人惊奇地盯着她。女人说，缘分尽了，离了吧！我同意。男人没想到女人如此爽快，一下子愣在那里，不知说什么。

分手了，女人走了，什么也没要。男人兴奋极了——原以为离婚很麻烦呢，没想到新婚姻法帮了大忙，总共只半小时工夫，只花了九块钱，一段十三年的婚姻就利索地画上了句号。

痛快，男人这样想。男人想打个电话，将这个特大喜讯告诉情人。电话坏了。打手机，正好没电池了。男人有些扫兴，摇摇头，想到了电脑。他想上网给情人发封电子邮件。打开电脑，很利索地上了网，发了邮件。正想关机，突然发现桌面有个图标很有趣。那是一个文档，名叫情书大全。好奇地点开一看——呵，竟是前妻写给自己的情书！

一天一封，情深意长。数了数，刚好一千封。男人的眼眶湿润了。一封一封地看着，男人的眼前闪现出前妻与自己初识的情景：青青山坡上，那金黄的蒲公英遍地开放。花丛中，前妻那幸福的笑脸……一封一封地看着，男人怀着一腔深深的愧疚知晓了三年中前妻过的是什么日子——孤灯相守，每晚写一封情书给自己，以便释放心中的痛苦，然后带着一颗平静的心入梦……

男人猛然想起，三年中，每天在公司，打开电脑，自己的电子邮箱里都会出现一封电子邮件，标题是“情书大全”。呵，原来是前妻写给自己的情书啊！可是，因为男人认为那是垃圾邮件，所以根本没打开，就彻底删除了。

一千信情书有多长？那么长的情书，也没能拉住彼此的缘分啊！

关掉电脑，男人跑出家门，在城市大街小巷奔跑。男人疯狂地寻找女人，他的前妻。找遍了整个城市，找不到。男人再婚，娶了漂亮的小情人为妻。

可是，每天晚上，打开电脑，男人都要认真看一遍一千封情书中的一封。看完了，心满意足，怀着甜蜜的梦想入睡。

城市的春天很美。有一天，男人独自踏青，不由自主地又去了那个魂牵梦萦的地方——青青山冈，蒲公英怒放。

一个女人，穿一袭单薄的春衫，衣袂飘飘，远远地朝他微笑。

是你吗？男人的呼吸急促。我看到了你写给我的一千封情书。

女人与他凝目相望，微微一笑：先生，你一定认错人了。

女人转身走开了。一边走，一边轻轻抹掉脸上的泪珠。缘分尽了，各自保重吧！女人喃喃自语。男人目送女人远去的背影，也在低声自语，怎么会认错人呢？明明就是她！

幸福的味道

她曾经有过刻骨铭心的初恋。那段恋情,整整持续了七年。但最终的分手,却是因为她闻不了烟味。烟味儿一来,她就头晕,继而就想要呕吐。

而她的初恋男友,一天两包“红雪莲”,雷打不动。他们正在装修的新房里,总是弥漫着刺鼻的烟味儿,她受不了,就和他吵。他说,变被动为主动,你也学着抽吧。

他不自觉从客厅到卧室,一路抽来,呛得她几乎不想进门。更让她不可忍受的是,他对她说,如果你真的爱我,就应该让我快乐。如果你忍受不了,说明你并不爱我。

她轻叹道,原来,生活中,仅有爱情是不够的。我爱你,但是……

他们分手了。

亲戚朋友给她介绍男朋友,她见面的第一句话就是,你抽烟吗?如果抽,你肯为我戒烟吗?

结果她失望了,所有来相亲的人,几乎都承认有抽烟的嗜好,但也都坦诚没有戒烟到底的勇气。其中一个说,戒烟多容易,一秒钟的事情。复吸多容易,两秒钟的事儿。

终于有一天,她遇上了一个不吸烟的人,她幸福无比。她的生日那天,他对她说,第一次看见你,在那家餐厅,邻座有淡淡的烟雾飘来,我看你皱眉,不安地跺脚,我就知道你闻不得烟味儿。所以我对你撒了谎,说我向来不抽烟。其实我烟瘾很大,一天至少要抽一包烟，因为我是做编程的。这工作很费脑力，所以吸烟就成了思考问题时的一种习惯。我想你一定能原谅我这善意的谎言。因为，我说到做到，决心戒烟到底。初戒的一周内，我连饭都吃不下，只能喝糖水。其实，以前戒过无数次，但都没戒掉，只有这次成功了。我想，送你任何礼物，都没有这份礼物来得实在，来得珍贵。这礼物就是——我为你把烟戒了。

她心里充满感动，她知道，是因为爱，让他有了戒烟到底的勇气。以前的那些人，也是爱她的，但爱得不纯粹，因为他们更爱烟草缭绕的惬意享受。

是的，生活中，唯有真挚的爱，才能让一个人为爱人而吃苦。她会珍惜这份爱，因为房间里充满了幸福的味道，而这种味道就是清新的空气。有了这种幸福的味道，她会天天快乐。

水晶情

一直相信与他的相识、相知、相恋、相守是前生注定的缘分。可是怎么也没想到，婚后遭遇“七年之痒”，我们竟然最终各奔东西。分手的时候，也许是心太痛，也许是太匆忙，那枚婚戒都忘了还给他。而他，直到分手的最后一刻，当我们双双并肩走出民政局的大门时，才恍然想到了什么似的，从怀中掏出一件东西塞进我手里，说，祝你生日快乐，留个纪念吧！

他走了。我低头一看，是一条紫水晶手链。才想起来，那是我一直想要的东西。才想起来，那天是我生日。早就知道水晶的颜色代表着不同的意思，黄色象征幸福，白色象征纯洁，紫色象征时来运转。现在终于得到了，却失去了他。

没有佩戴，我将它放进抽屉深处。一看到它，我就想落泪。

三年后，他来找我，我们泪眼相看，相拥而泣。经过分离，我们的心连得更紧。破镜重圆，他买了很多首饰给我。知道我对手链情有独钟，他一下买了好几条给我，令我纤腕生辉，令我笑靥如花。可是，我的手臂对那些珠宝都不适应，过敏的症状，红肿与痒以及痛让我不得不无奈地摘下它们。

一个宁静的夜晚，坐在梳妆台前，我默默地收拾台面。拉开抽屉，偶然地，看见了那条水晶手链。它盛放在一个透明的心形盒中，在灯光下闪烁着迷人的光泽。晶莹的淡紫的光，让我的心飞到了从前，往昔难忘，我泪花晶莹。

他从背后轻轻揽住我的腰，在我耳边轻声说道，你知道吗，直到分手的最后一刻，我都对你充满了怜惜？我不想跟你分手，可当初你的脾气也令我实在不能忍受……

现在呢？我问。现在的你，温柔多了，像个女人了。他答。你知道吗？我一直坚信，我们会再次相逢。我一直坚信，你是我今生的那一半。所以我买这条手链给你，就是想，在茫茫人海，不要错过了你。有了这个信物，你就是一头白发，满脸沧桑，我也不会认错你。我一直坚信，我们今生有缘，就一定会重逢……

他细心地为我戴上水晶手链，我的心平静而满足。三年的磨砺，让我懂得了珍惜，让我知道爱情是个易碎品，要轻拿轻放。就像这条水晶手链一样，要精心爱护，才会历久弥新。

说也奇怪，我的手臂与这条水晶手链却非常投缘，没有过敏的症状发生。从那以后，我就一直戴着它。无论身在何方，我的心，都充满幸福。看见它，就仿佛他在我身边。在心里，我执着地相信，拥有了它，我的爱情就不会再次丢失。水晶定情，爱的潮汐在我生命中一天天流淌，奔腾不息。

分手后也能有幸福

十七年前的金秋时节，我和他幸福地结合了。婚后的日子，聚少离多，引发了婚姻危机。婚后七年，他提出离婚。为了给儿子一个完整的家，我苦求他不要离，哪怕我知道他有外遇。只要不带回家来，只要我看不见就行。他说，那怎么行？那样对你也太不公平了。他的态度实在坚决，我们最终分手了。

离婚后，我遭遇下岗，每日奔波在求职路上，万分艰难。为了生活，我去当保姆，去夜市摆摊，去干洗店工作，在饭店打杂，尝尽人生的辛酸。他看在眼里，心里也着实愧疚。于是，两年后的夏天，他来找我，要求复婚。对家庭生活的渴望，以及对儿子的想念，容不得我做过多的思考，我答应了。

没想到平静的生活也只过了八年。今年初夏时节，他跑回来，又闹离婚。我知道他又有了新的外遇，心情很平静。没有吵闹和争执，我平心静气地跟他谈离婚事宜。

一切谈妥之后，我们一起去了民政局。现在办理离婚的速度真的很快。不过十分钟，只花了工本费九元钱，我的持续了十七年的婚姻就彻底画上了句号。两度离婚，跟同一个人，我的心里只有一句话，一切都结束了。

二次离婚，我们成了朋友。他把一切都留给了我，得到了自由之身。我想我应该感谢他。每次他来探望儿子，我都会奉上热茶，然后默默走开，让他与儿子好好交流。不幸的婚姻让我学会了宽容。我们再也不会无休止地争吵了。生活让我们懂得了相互体谅。

既然不再是夫妻,也不必是仇人啊。我们是朋友,可以友好往来。我愿自己收集快乐的生活瞬间,而将痛苦与忧伤在脑海中彻底删除。已经分手了,就多记着他的好,忘记他的不好吧。正因为心态的改变,也正因为岁月的磨砺,让我更懂得珍惜生命中拥有的点点滴滴。

分手也是幸福的,它让不再相爱的两个人不再备受情感的折磨,重新获得追求新生活的权利。它让两颗相互敌视的心变得柔软,回归人性中本应存在的宽容与善良。在这点上来说,分手是一种解脱,也是一种新生。

蛋炒饭

恋爱时，她对他说，我不会做饭，怎么办？

他毫不在意地笑着说，那有什么？我也不会做饭。那咱们以后就天天到饭馆吃！说完这句话，他将一个火热的吻印在她额头上。婚后，她才明白，生活中，仅有爱情是不够的。他是真的不会做饭，而天天去饭馆吃又是那么的不现实，她只好给他天天泡方便面。后来，她学会了最简单的饭——蛋炒饭。

他们就经常吃蛋炒饭。在那些艰苦的日子里，一碗蛋炒饭，他吃得格外香甜，像个快乐的孩子。他常说："今天有蛋炒饭吧？太好啦！这说明，咱们家的生活水准还不算太低嘛！"他知足地笑，她欣慰地笑。转过头，她悄然擦去眼角闪烁的泪花。

有一天晚上，他加班未回，她给他准备晚餐。一碗米饭，一个鸡蛋，两个人吃绝对是不够的。她一边做饭一边想，怎么办呢？

他回来了。她端饭给他。他接过碗，扒了一口饭，说："饿死啦！嗯，你呢？你怎么不吃？"她笑着说，我吃过了。

他相信了，利利索索地吃完那碗蛋炒饭，往床上一躺就睡着了。

她呢，胃里空空，怎么也睡不着。她起来，喝了几大杯水。到半夜，胃痛难忍，她忍不住小声呻吟。他醒了，问她怎么了？她低头不语，默默流泪。他突然明白了，边哭边捶打着自己的脑袋说，我真该死！怎么就没想到你是在骗我？他搂着她，对天发誓，以后我若做任何对不起你的事,天打雷劈!

几年后,生活好了,他们住进了漂亮的复式住宅。他成了老板,有了私家车。家里雇了保姆,她过得很清闲。她依然常做蛋炒饭给他吃。开始他还勉强忍着不说,不过后来实在不耐烦,便撇着嘴说,啥年头了,谁还吃这个?

她眼中有了泪。他假装没看见。有了情人后,他想,只要不离婚,就算对得起你了。她有了感觉,质问他。他无言以对,突然想起了以往曾发过的誓言。心有内疚,他带她去酒店吃大菜。她呢,一脸土相,竟问服务员有没有蛋炒饭。

他摇摇头,知道她无可救药了。

提出离婚的时候,他心里很平静。她呢,默默地流泪,一言不发。他急了,你要什么我都可以给你,说话呀!

她缓缓地说,除了你,我什么也不要。他的心一震。

离婚了。情人嚷着要嫁他,他却不为所动。有一天,心血来潮,他特别想吃蛋炒饭。这么一想,口水流了下来。

他亲自下厨做。做好了,他端一碗给漂亮的小情人,说,吃吧,我以前最爱吃的。

情人蛾眉一挑,玉手一推,碗掉在地上,饭全撒了。她娇嗔地说,不嘛,人家要吃海鲜嘛!嗯,斑节虾,还有鲍鱼……

他心痛极了。找来扫帚,细细把地扫干净。然后他直起腰,对她说,滚!

一个雨后的黄昏,他信步街头,一脸落寞。肚子饿了,走进一家小饭馆,他要了一份蛋炒饭。饭端上来了,他闻到了久闻的香味。扒了一口,他心跳如鼓。他直着眼问老板,这是谁做的?

门帘启处,她出来了。看见他,她愣住了。

是你？

是我。

你过得好吗？

不好。

为什么？

想吃蛋炒饭的时候没人给我做。

她转过头，眼里泪花晶莹。

窗花剪出一片情

一进腊月，外婆就忙着剪窗花。外婆有一双巧手，剪什么像什么，喜鹊登梅、二龙戏珠、天女散花、孔雀开屏……真是好看极了。

也许是我悟性差，我学不会这些。最终，我只学会了剪“福”字。外婆就说，这东西，易学却难精，得有心琢磨才行。

当我离开故乡，怀着理想闯荡世界的时候，外婆送我的是一匣剪纸，她所有的得意之作。可是，身在城市中，我发现，城市里是没有人在窗上张贴剪纸的。我由此认定，剪纸是一种又土又俗的东西，是难登大雅之室的。

外婆来城里看望过我一次，可是住了没几天，就直嚷住不惯，一定要回去。我送她去车站。当列车缓缓开动的时候，她悄悄问我，我剪的窗花，你为什么不贴？

我无言以对。

生活在继续。结婚，生子，操劳……耗尽我的精力。之后，离婚，下岗，求职的艰难，让我无暇想到其他。直到有一天，听到外婆去世的消息，我的心，立刻被泪浸湿。我知道，世上最疼爱我的那个人就此离开，再也不会来看我了。

泪光晶莹，在一个静谧的午夜，打开了那个枣木小匣，一张一张，将外婆亲手剪的各色窗花细细端详。原来，生活的美丽，尽在窗花中。原来，窗花里，有着无数延伸的梦。原来，窗花里，满含外婆对我的深深祝福。外婆不识字，外婆用这种方式祝福我。终于读懂了外婆的心，我对生活有了美好的向往。

天有不测风云。有一天，家中失火，外婆的匣子被烧毁，所有的窗花无一幸免，全部化为灰烬，这让我的心充满愧疚。我去了玉器店，买了一个晶莹可爱的玉匣，准备盛放美丽的窗花。

怀着对外婆的深爱，我拿起剪刀，开始学剪窗花。我明白了外婆的话，窗花，易学而难精。精心地一下下剪着，我终于明白，剪窗花，可养心性。它让纷繁的大千世界远离我的视线，它让我的心回归明净与从容。

原来人生，是可以如此从容与优雅的。

每剪好一张，便放于匣中。这样做，渐成习惯。每天晚上剪一张窗花，然后我便可以安然入睡。

雪花飘舞的时节，我将自己的作品贴到窗户上。美丽的窗花，就这样悄然开放在城市一隅。

当一个有着阳光般笑容的男人走进我家，立刻惊叹于窗花的美丽。他说，真好看！你剪的？谁教你的？

我说，我剪的，外婆教的。你喜欢吗？

他说，喜欢，太喜欢了。有这样一双巧手的人，我想一生牵着她的手……

幸福的泪花晶莹在眼角，我默默微笑。原来，幸福，是这看似普通的窗花带给我的。

原来，冥冥中，人生自有安排。我可爱的外婆，就这样指引我，一步步走进幸福的所在。

爱在端午

和一个无缘的人分手，和往昔的一段婚姻告别。我对好友说，这辈子，就这样吧。找不到知己，我宁愿一生孤独。

好友笑道，缘分没到，你等就是了。

我轻轻地摇头。

虽然如此，我最终耐不住岁月的苍凉，心的寂寞，还是开始了寻找幸福的旅程。但是，见了许多人，都是一顿饭之后没有了下文。甚至有一次，一个男人很直接地对我说，这年头，要一个人真心爱你一生，怎么可能呢？

自然和这人拜拜了。但午夜梦回，想起他的话，心，真的很痛。我的要求不高，真的不高，只不过是要一个人真心对我，真心爱我而已。

也许，这在繁华都市，崇尚现实的现代人眼里，这，也是奢望。

岁月如流，人到中年的我，心静如水。就这样吧，安安静静地，过好自己的一生。我对自己说。

但好友非要给我介绍一个人认识。他是一个大学老师。我说不去，好友说，只是见一面。觉得不合适，就不再来往了，就行了。

拗不过好友的好心，我去见了那个人。斯文儒雅，第一印象还不错。但于我来说，这说明不了什么。终于明白，在经历了风雨之后，让我爱上一个人，也是非常难的事情。

就这样若即若离地交往。他说，我们去登山吧。我说，我忙。

他说，那我们去看电影。我说，我忙。他说，去看画展好吗？我依然摇头。

端午节临近，很偶然地提起，说，我妈包的粽子好吃，有蜜枣的、红烧肉的、火腿的、蛋黄的。轻轻叹息一声，可惜，他前些天回老家了……

端午节那天，走在街上，闻到散发在空气中的粽香。有小贩沿街叫卖粽子。想买几个吃，突然又没了兴致。母亲的味道，没人能够模仿得出来。算了。

手机在响，他说，来我家吧，一起过端午节。

无事可干，也不想回家。于是，心念一转，我去了他家。

他在客厅里忙碌。茶几上，是他的作品，各种各样的粽子。从外形看，不仅有三角形的，还有圆锥形的，还有四角形的、宝塔形的。他说，外观也影响食欲，所以，我就创新着弄。馅料多种，有蜜枣的、红烧肉的……他的脸上，沾有生的糯米。他的手指，因为不停地包粽子，被细细的麻绳勒出了血痕。

你干吗包这么多啊？

因为你爱吃啊。

心中，有暖流涌动。眼角，泪光晶莹。心头的坚冰，在一点点融化。原来，世间，真的有这样一个人，只是因为我爱吃粽子，而悄悄去练习包粽子，一气包了八十个粽子。

就这样，在一个原本应该平淡如水的端午节，我收获了幸福，找到了一个真心爱我的人。爱在端午，幸福在身边。

沙漠中，浪漫的花朵无法绽放

他们恋爱了。他对她说，握住你的手，我就心安。和你坐在一起，哪怕不言不语，我的心也很安静。他说，嫁给我吧，我会让你一生幸福。

她在心里细细思量。他大她两岁，有固定收入，每天工作八小时，也不出差，工作时间稳定。他的房子足有两百平方米，宽敞舒适，阳光充足。他不吸烟，不喝酒，没有任何不良嗜好。他父母都在外地，婚后两个人的小日子应该很清静。他温和、亲切，优点真的很多。

他样样都让她满意，她没有任何理由拒绝他的求婚。于是，一个阳光灿烂的日子，他们手牵手走进了婚姻的殿堂。

日子水一样流淌，按部就班的生活，她极力去适应。每天早上，她为他备好早餐，他吃完，拥抱她一下，然后去上班。她在家打扫卫生，去市场买菜。晚上他回家，给她一记亲吻，然后坐在桌边吃她烧的菜。晚上，两个人一起看电视，他把遥控器塞进她手里，说，想看哪个台，随你。两小时后，他一个眼色，她立刻乖乖地起身跟他去了卧室。黑暗中，他抱着她，在她耳边说，我很幸福。

她却总觉得生活中缺少了点什么。

一年一度的情人节到了。她期待的玫瑰花却并没有出现。他说，太贵了，买花的钱可以买一只卤鸡了。她的生日，他想买只玉镯送她，结果砍了半天价，依然是嫌贵，没有买。一起逛街，她浪漫心起，说，买两只一模一样的手机链吧，就那种蝴蝶样式的，你一只，我一只，象征比翼齐飞。他皱着眉头说，好好过日子就行了。

再婚一周年那天，她为他特意准备了丰盛的烛光晚餐。待他进门，桌上的红烛正在闪亮。他倒没忘这日子，送她一本健康手册，说，健康是最重要的，这本书，希望你喜欢。然后他起身打开灯，一一吹灭红烛，说，多浪费，等停电的时候再用吧。

离开他的时候，他很诧异。他一定要个理由，离开他的理由。她说，原来，不是每一块沙漠都能成为绿洲的。你的心，就是一片荒凉的沙漠。我本来期望，沙漠中能开出花来。现在我明白了，沙漠中，浪漫的花是无法绽放的。

他辩解，生活本来就是极其现实的……

她反驳道，对，你说得对。生活就是很现实的。正因为生活是现实的，所以，我才更追求那一点可贵的浪漫。浪漫不需要花很多钱，只要你有一颗浪漫的心，纵然两人合吃一碗饭，也是浪漫的。但是，很可惜，你的这片沙漠是寸草不生的。另外，我想告诉你，浪漫是女人天生就具有的特质，不因年龄增长而递减。实际上，八十岁的女人也会拥有浪漫情怀。

第六辑

平凡夫妻的爱情

人生路上，有缘相遇，就应当好好珍惜。风雨同舟，相濡以沫，是爱情的至高境界。而人生路上，因种种原因而各奔东西，从此成为最熟悉的陌生人的事情，也比比皆是。红尘间的聚散离合，千姿百态。不经磨合，何谈完美。因此，珍惜那个有缺点的人，宽容对方的不完美，是良好的婚姻态度。

爱上有缺点的你

生日那天，老公送给我一部崭新的3G手机，可定位跟踪，随时进行视频聊天。我说：“这下你在外面干什么都逃不过我的眼睛了。买这种手机送我，你不后悔？”老公笑道：“不做亏心事，不怕鬼敲门。敢送你这种手机，就不怕你监视我。”

老公出差去了外地，我不放心，让他打开视频给我看。他犹豫了一会儿，说：“好。”我说：“你在哪里？”他说，正在西湖边吃饭呢。视频中，鲜美的西湖醋鱼摆在桌上，老公正在独酌。可细心的我蓦然发现，桌上摆着两副碗筷、两个酒杯。

心立刻沉入无边的深渊。关了机，我独坐桌边，流了一夜泪。我想不通，我对老公这么好，他为什么还要背叛我？我苦苦地想，终于想通了。人生路上，知己难求。能伴你一程，便是缘分。缘在人聚，缘尽人散，不必悲伤。

老公出差回到家，看不出任何异常。但我知道，在心里，我们婚姻的城堡已经岌岌可危，随时可能坍塌。于是，我平心静气地找老公谈了一次，开诚布公地告诉他我的想法。假如爱已逝，我们可以友好地分手。因为已经消失的爱，强求也得不到。老公无语，眼神游移，感觉有点六神无主。我的心却马上踏实了，原来这婚姻还有救。

我说：“分手前，我想见见她，好好地把你托付给她，我才放心。”

她来了。西湖边长大的女子，诗意，温婉，年轻，神情中的傲慢在我意料之中。她说：“我爱他，请成全我们。”我说：“嫁给他便是受苦，你明白吗？他不会做家务，你要全部承担；他在外玩乐，经常夜不归宿，你要耐得住寂寞。他工资不高，你要出去辛劳地挣钱，以维持家庭的正常运转……你做得到吗？”

她惊奇地说：“他竟是这样的人？”

我淡淡一笑说：“不信你可以问问他自己。结婚以来，他有没有扫过一次地，做过一顿饭？”她更惊讶了，说：“就这样，你还肯不离不弃地照料他的生活？”

我平静地说：“是啊，因为我爱他。如果你的爱比我更深沉、更坚定，我一定成全你们。顺便告诉你，他贪图享受，平日里连指甲都是我给他剪的。他有灰指甲，指缝里全是木屑一样的东西，你要慢慢地一点一点剔除，然后再上药。他的袜子，你必须每天清洗，保证清洁。他的食谱，每日四菜一汤，一周内不得重复。他鼾声如雷，晚上你要戴上耳塞才能入睡。他是一个不折不扣的烟民，你能忍受二手烟的危害吗？他是个花心的主儿，你得有多大的肚量包容他，等待他走向成熟，懂得珍惜？你有这个耐心吗？”

她沉思良久，摇摇头，走了。老公问我：“你到底对她说了些什么，让她一去不回，神秘消失了？”我说：“我只是告诉她，我深深地爱着你。”

老公愧疚地拥我入怀，说：“此时我才意识到，你是这个世界上最爱我的人，知道我所有的缺点，却依然对我不离不弃。”

我说：“只是因为我爱你，所以，爱你的全部，而不仅仅是局部。”

“放养”的婚姻更幸福

闺蜜人到中年，孩子也大了，没想到婚姻却出了问题。也许是长相厮守，遭遇审美疲劳吧；也许是日日相伴，左手摸右手没什么感觉吧，闺蜜的老公很坦然地出了轨。他不是加班就是充电，借口一堆理由晚回。后来干脆夜不归宿，觉得不跟闺蜜离婚就算是很对得起她了。

纸终究包不住火。一日行迹败露，闺蜜连哭带闹，终于从老公嘴里掏出了情人的姓名与地址。原来就是单位同事，以前闺蜜也曾见过的，长相一般，平淡得几乎都没了印象的。闺蜜连夜找到了那个女人，同样人到中年，有丈夫有孩子。已婚女人当然是打死也不敢承认自己勾引了别人的老公的，谁不怕后院起火呢？吵到最后，只答应以后不再联系，各过各的。

而实际上，两个人依然私下联系。只不过闺蜜的老公做事更加周密，进门前把手机上所有短信全删除，来电显示全删除。空空的手机干净得仿佛是穷人的裤兜，留待闺蜜检查。也一样很忙，不是约牌友打麻将，打一夜也不嫌累。就是跟好友聚会，喝一个千杯不醉。反正一句话，依然不把老婆放心上。

我说，严防死守没用的。“圈养”无益，不如“放养”吧，省心省力。我说，你除了看紧他，就没有什么别的事做了吗？

我的话提醒了闺蜜，她陷入深思。这之后，她仿佛换了一个人，整天笑容灿烂，快乐无忧。她说她想开了，婚姻如沙，握得太紧了，会流失。她说，整天对他斥责不休，反而让他对情人更加怜惜，觉得情人温柔可爱。所以，一切随他去，顺其自然吧。

她买高档时装，多年来她一直舍不得，老买地摊货、处理品，现在终于舍得了。她去学古筝，玉手纤纤，诗意温雅，这是她多年前的愿望，而一直没有时间与机会去实现。上岛咖啡屋，她一边优雅地喝咖啡，一边跟我闲话家常，轻松惬意。

她化精致的妆，发现自己其实很漂亮。她每周去健身，跳民族舞，练瑜伽，忙碌而开心。从此不问老公任何事，也不翻看他的手机。她放下了心灵的负荷，获得了精神的自由。

倒是她的老公，对她的变化先是感到疑惑，后是有了莫名的猜疑与担心。问她在忙什么，她答，热爱生活，善待自己。

因为她的从容放手，老公久离的心反而向她一点点地靠近。有一天，他说，我和那个女人分手了。因为她把我缠得太紧，让我感到窒息。

闺蜜闻言，转过头，独自微笑如花。老公心的回归，让她如释重负。人生路上，她对爱情有了更新的认知，那就是："放养"的婚姻更幸福。

谁的人生没有“软肋”

一向很羡慕邻家女人的幸福生活：风度优雅，气质不凡；皮肤水灵，容貌秀丽；家庭和美，孩子乖巧；生活富足，刷卡购物；城区有复式住宅，郊外还有花园别墅；时不时地，还能去世界各地旅游观光。

闲来聊天，我说，你的生活，我若能过上一天，这辈子也值了。她淡然一笑说，谁的人生没有“软肋”？外表光鲜而已。

后来才知道，她老公原本来自乡间，身上没有几个钱。她爱上了他，和他一起到大城市创业，十年后终于把生意做大。

随后她听老公的话，回家做了全职太太，以为从此可以幸福一生。谁想到如此一来，老公的心却被别人趁机勾走了。人到中年的她，怎么拼得过年轻姑娘的青春容颜呢？一气之下，她去打了美容针。效果是不错，可是从此不打就不行，一年必须打一次，真是后悔不及。

为了留住老公的心，她吸脂，隆胸，割双眼皮，文唇线，最后做了拉皮。但老公对她的人造美视而不见，直言对她说，别折腾了，没用的。女人嘛，老了就是老了，回不去了。

城里的家归她，郊外的别墅被“小三”霸占。“小三”说，有爱就行，我不要名分。婚姻中的这根刺就这样硬生生地扎进她心里，令她心痛不已。她也并不想离婚，要她把亲手打下的江山拱手送给“小三”，她怎能心甘？那就只能折磨自己，于人前强颜欢笑。

其实心里明白，老公已被别人分享，平时在家应付自己，双休日陪“小三”。说到旅游，不过是老公对她的一种精神补偿。她旅游国外，老公在家和别人快乐。这样一想，心中会是什么滋味？

终于读懂了她的话，谁的人生没有“软肋”？以往的岁月，遇到这种事，我一定力劝对方，离婚算了。但现在，经历了人间风雨，懂得了世事沧桑，我对邻家女人心生同情。她那所谓的忍耐，只为了有朝一日感动丈夫，令他回心转意。但不知，能否奏效？

女人，留一点儿时间给自己

闺蜜是个要强的人。工作干得很好，领导赏识。在家做一手好饭，老公、儿子都爱吃。每天下班路上就把菜买好，回到家里系上围裙就做饭。吃完饭，洗碗，拖地，收拾屋子。随后检查儿子作业，每天很晚才休息。

她潜心培养儿子，给儿子报了好多兴趣班，业余时间全搭进去了。她乐此不疲地陪儿子学游泳、武术、小提琴、书法、绘画、奥数、作文……儿子坐在教室里学，她在教室外等，就这样两只手也不肯闲着，毛活儿随身携带，得空儿便抓紧时间织毛衣。我说，你也太贤惠了。另外，这望子成龙的心也太盛了。她一笑，说，儿子是我未来的希望，不抓紧行吗？

这也算了，问题是她对老公也万分紧张。她怕他有外遇，所以时刻保持警惕。理由还极其充分，对我说，时下最流行的话是——防火防盗防小三。小三可是无孔不入，不看紧点儿行吗？

她理直气壮地翻看老公的手机，老公表示不满，她眼一瞪，说，你是不是心里有鬼啊？有时心存疑虑，她真能巧妙地跟踪老公，直到看到老公进了单位的大门，才放心离去。老公如果偶尔回家晚了，她就闹个没完，根本不听解释。她要证据，证明他清白的证据。

老公觉得家里着实不自由，于是借口出差，躲了出去。这叫眼不见心不烦。这下她不得不反思了，想来想去，自然是攻心为上。于是在家里翻起了菜谱，学做营养靓汤。她对我说，俗话说，要想拴住男人的心，就得先拴住男人的胃。靓汤煲好，热腾腾，香喷喷。我说，你看你，整日操劳，都瘦了。把这汤喝了，补养补养。她说，这是为老公煲的，我舍不得喝。我说，你喝吧，他现在还回不来呢，因为他怕你。因为现在的你不仅不可爱了，而且很讨厌。

我问她，多久没照过镜子了？多久没化妆了？多久没添置过时装了？多久没去健身了？就你这灰头土脸的样子，老公不产生审美疲劳才怪。你也别说什么老夫老妻了，打扮给谁看的话。女人打扮，当然首先是为了自己的老公了。其实，善于保鲜的女人，迷人而美丽，对男人的吸引力是不可小视的。成熟女子，风韵优雅，气质不凡，自信满满，老公才不会有外遇呢！

闺蜜听了，心情豁然开朗。从那以后，不再给儿子报什么兴趣班了。儿子欢呼：我终于解放了！她倒是给自己报了好多班，业余时间学瑜伽，学民族舞，学古筝……也舍得给自己买新衣了，整个人变得漂亮而优雅。

她的变化，都被老公看在眼里。没多久，老公身心一起回归，两人恩爱如初，仿佛先前什么事也没发生。而实际上，她心里明白，是自己变了。

她终于懂得了一个道理，婚姻中，把目光只聚焦在老公身上，老公会感到窒息。而留一点儿时间给自己，则山常青，水长流，女人花常开不败，岁月静好，家庭安稳。

蒜味里的爱情

生活中，我对蒜情有独钟。春天采了野菜凉拌，蒜泥是不可或缺的。夏天将蒸好的茄子撕成条，加蒜泥和醋、盐，一点香油，拌匀后吃起来爽口鲜香。秋天做大蒜鱼，鱼宜红烧，多放蒜片。冬天做蒜香羊肉，滋补身心。那个夏天，我认识了他。当时他正在埋头吃拌面，让我惊奇的是，他手里拿着一整头大蒜，边吃面边吃蒜，吃得真香。后来，嫁给了他。因为同样有着吃蒜的爱好，我们一同旅游，于青山秀水中尝尽四方美食。重庆辣子鱼，蒜香浓郁。青岛的炒鳝片和炒田螺，蒜味悠长。天津的蒜头熬鱼，蒜味醇厚。广州的蒜香土豆泥，蒜香味浓，软嫩润口。

回到家中，依然与蒜有约，顿顿少不了蒜的陪衬。我亲手腌的醋蒜，他一气能吃好几头。他说，蒜是好东西，杀菌消炎，健脑益智，能预防癌症，还能增强免疫力。我说，但长期大量吃蒜，伤肝损眼。于是我们将顿顿有蒜改为每日一瓣蒜。

有蒜浸染的日子，乐趣无穷。但蒜味不雅，让我伤脑筋。于是我上网查询，获知了清除口臭的注意事项：1.要和蛋白质较丰富的食物一起吃；2.吃过之后马上刷牙漱口；3.喝些牛奶、咖啡、茶或吃些水果；4.咀嚼茶叶；5.多吃大枣清除口臭；6.用醋或酒去除口腔异味。我依法尝试，果然口腔清洁，再无异味。可是老公不行，总是吃蒜后忘记消除口中的气息。于是我在他的衣袋里放上口香糖。

不经意间，大蒜充当着我们的爱情调剂师的角色。如果他做错了事，我不言明，只是在准备晚饭时，不做有蒜的菜肴。老公上桌，满眼无蒜，立刻明白了事关我的心情，立刻道歉。其实蒜香排骨已炖好，在厨房放着，只是没端上来罢了。

因为吃蒜的共同爱好，我们的感情与日俱增。结婚纪念日，他送我一串大蒜项链，亲手为我戴在胸前，情深意重地说，老婆，祝你健康快乐。大蒜是我们的媒人，而且全身都是宝。所以，因蒜结缘的我们，不应忘记它。我说，那好，今天我做一桌全蒜宴，每道菜上都有蒜，好吗？老公开心，立刻给我一个带着蒜味的吻。

与蒜有缘，平凡日子，柴米夫妻，因为有蒜来提味、增鲜，也变得活色生香，生趣盎然。

老公中了“美人计”

老公烟瘾很大，一天两包烟，雷打不动。一包烟就得十几块钱，一个月下来，烟钱就得六百元，怎么行？

花钱还是小事，重要的是我受不了被动吸烟的折磨。老公除了抽烟，最大的享受就是下班后回家玩电脑游戏。玩到高兴处，双脚也架上了电脑桌，烟灰到处乱飞，房间烟雾弥漫。我常生气地说：“你随身携带大烟囱啊，呛死人啦！”为了让老公戒烟，我跟他狠命吵过，但收效甚微。为了让他戒烟，我想尽了办法。戒烟茶叫他喝过，戒烟糖要他吃过，戒烟药给他尝过，戒烟灵也买过，不但无效果，他的烟瘾反而越来越大。

正在一筹莫展的时候，我突然灵机一动：老公喜欢上网聊天，让他戒烟，我可以使用“美人计”。一天晚上，老公在家上网聊天，我偷偷去了网吧。上网后在一个聊天室里，我找到了网名为“天地无情人有情”的老公，他正跟一美眉聊得欢。我起了个网名“春风萦绕你身边”，就上去了。因为我打字快，语言又富诗意，“天地无情人有情”跟我聊得挺起劲的，把那美眉扔在一边不管了。

从此以后，我每天晚上按时去网吧跟老公聊天。老公渐渐爱上了这个“春风萦绕你身边”。“天地无情人有情”温情脉脉，什么都听我的。我见机行事，开始大讲吸烟的危害，说自己最烦男人吸烟。

此后，我发现老公在家里吸烟的次数越来越少，而且数量也由以往的一天两包降为一天一包。看来，爱情的魅力真大呀。

一天，“天地无情人有情”提出跟我见面。我想了想，回复说：“如果你戒烟成功，我就去见你。”效果立竿见影，老公真的戒烟了。我问老公，哪来的动力呀，这烟还真说戒就戒了？老公笑而不答。我心想：你那点秘密我还不知道？孙悟空再有能耐，也翻不出如来佛的手掌心。没过几天，“天地无情人有情”又提出见面的要求，我回答道：“你若能坚持戒烟半年，我就见你。”

为了见面，老公一天到晚在翻日历、数日子。我心里暗笑，好吧，半年后，我给你一个天大的惊喜，让你看看“春风萦绕你身边”究竟是谁！

当一回“悍妇”又何妨

闺蜜结婚十年，一家三口幸福无比。但最近我发现，她以惊人的速度憔悴了下去。再三追问之下，她才说了真话。原来围城之外有人觊觎，高素质的“小三”和她老公打得火热。“小三”是新分到单位的女孩子，身材高挑，性格活泼，青春洋溢，微笑如花。白天上班，“小三”把她老公当葵花，深情仰望。晚上有事没事来串门儿，一会儿让她老公帮她修皮带，一会又说宿舍的台灯坏了，让她老公去看看。闺蜜的老公呢，一时间仿佛焕发了青春，张口闭口夸人家好，开朗，上进，兰心慧智……还让闺蜜做饭给人家吃。一天下班后，闺蜜亲眼看见老公带着人家骑摩托车兜风。年轻姑娘双手紧搂着她老公的腰，清脆的笑声刺痛了她的心。这一刻，她才意识到事情的严重性。追问老公的结果，就是被老公一掌击聋了左耳。老公朝她怒吼，如果不想离婚，就睁一眼闭一眼，懂吗？

眼看闺蜜家庭即将破裂，终日以泪洗面。怒火中烧的我，不由得拍案而起。我对闺蜜说，俗话说，忍无可忍，可以不忍。人家都骑到你脖子上来了，你再不行动，那你的婚姻可真的就保不住了。说起来，闺蜜对老公还是很有感情的。怎么说当初也是自由恋爱，婚姻的基础还是牢固的。我说，如果是这样，那我们就得私下跟她谈谈。因为你老公现在鬼迷心窍，说什么他也听不进去。所以，现如今，咱们只能晓之以理，动之以情，陈述利害，大胆出击，让“小三”选择主动放弃。

现在的“小三”也都与时俱进了，气焰那个嚣张，根本不把婚姻中的女人放在眼里。闺蜜说找她谈谈，她从容不迫地说，可以，随时奉陪。

茶室音乐低回，环境幽雅。“小三”自认自己智慧不低，自信满满，居高临下俯视我们，气势逼人。闺蜜恨得牙痒痒的，咬她一口的心都有。

我单刀直入地对她说，今天你可以以你的青春靓丽取胜，可以恬不知耻地登堂入室，成为孩子的继母。但是，孩子已经九岁了，懂事了，他会恨你的。他们的房子刚刚按揭，以后每月的月供就是你的事了。也许，当你终于还完月供时，他已经不喜欢你了。作为一个人到中年的女子，她确实不及你青春，却有一样你所没有的、最终能够挽回婚姻的法宝，就是他们共同的孩子。因为这个孩子，身为父亲的他，离婚后也要经常与前妻见面，一起去开家长会，一起为孩子过生日。也就是说，从此以后，你将和她共同在精神上分享这个男人。

闺蜜拿出医院出具的诊断书给她看，对她说，今天他可以打得我左耳致残，失去听力。那么，以后若遇到更年轻的女人，他一定会掉头追求她。到那时，你敢保证自己不会落到如我今天一样的下场吗？

我的分析，冷静理智，最终让“小三”低下了头。而闺蜜的现身说法，更让“小三”起先万分坚定的决心产生了动摇。一番唇枪舌剑较量下来，说得“小三”只有招架之功，无还手之力。因为说到底，“小三”总归是“小三”，名不正，言不顺，理不直，话不硬。最终，她只能苦笑着说，今天遭遇智慧型“悍妇”，我甘拜下风。思考良久，她态度诚恳地向闺蜜认错，说，对不起，是我错了，以后我再也不跟你老公来往了。

没想到，该女子后来继续在单位招摇，大有将“小三”的事业进行到底的趋势。但凡有房有车的已婚男人，她都要去插一腿，试试水。我们也终于明白了她的苦心。她来自外地，在本地没有依靠，如果找同龄人，工龄短，房子肯定分不上。不如找成熟多金的下手，吃个现成，抄个近路。嫁给本市人，以最快速度落上本市户口。最终闹得一户人家离婚，孩子刚满一岁。女人流泪抱着孩子离开，把男人和房子留给了她。该“小三”终于成功登陆，转正成为女主人。

闺蜜感慨地说，幸亏我当初没有逃避，直面小三，保住了婚姻。我说，对，一味退让只会让“小三”更疯狂。已婚女子，绝不是“弱势群体”。所以，关键时刻，做一回“悍妇”又何妨？！直面人生，勇敢地与“小三”斗智斗勇，才能笑到最后。

陪你一起看细水长流

结婚多年，我早就熬成了黄脸婆，感觉丈夫对我也就是那么回事儿，除了上班时给我一个敷衍了事的拥抱外，就是每天下班一进门就喊：“老婆，晚饭咱们吃什么？”日复一日，让我总觉得丈夫对我的爱，远不及我对他来得深。

于是，我想测测丈夫爱我的程度。周末的晚上，我对他说：“做个心理小测试吧。平时我最爱吃什么？”

“川菜，酸辣系列。”丈夫说。

“没错。我最开心的事是什么？”我又问。

“你最开心的事，是我们从偶然相识走到今天，十年了，太不容易了。”丈夫说。

握住丈夫的手，我的心里盛满感动。丈夫问我：“那我也要测测你，我最开心的事是什么？”“升职，老友来访，春节回家看父母……”“都不对，我最开心的事，是这辈子娶了你。”丈夫笑着说。然后又问：“我最大的心愿是什么？”“存钱，买一套复式住宅，然后周游世界……”我想了想，这样说。“不对，我最大的心愿是——如果有再生，依然和你在一起。”

说着，丈夫把一个大大的牛皮纸信封递给我，里面有一枚银戒指，那是以前我送给他的定情礼物；一方手绢，我曾用它擦过眼泪；一粒纽扣，是从我的衣服上掉下来的；一沓情书，热恋时我写给他的；一个别针，一次上街时裙子的拉链坏了，他急中生智买了它给我救急；

一张病房的床头卡，31号，当年我生儿子住院时挂在床头的卡片。还有一张CD，里面是王菲的《红豆》，因为我喜欢这首歌里的一句歌词"等到风景都看透，也许你会陪我看细水长流"。所以丈夫专门买了它，作为生日礼物送给我……原来，我们携手走过的每一个印迹，他都悉心珍藏。原来，对一个深爱妻子的男人来说，爱的深度，就是默默地付出，默默地爱，不事张扬。

原来，我的人生无比幸福。原来，真正的爱，就是心爱的人陪你一起看细水长流。

让爱情养成好习惯

当初刚结婚时，婆婆就成天在我耳边絮絮叨叨地说："我儿子从小没干过家务活儿，他不会干，我也从来不让他干。他是男人，工作忙，家务活儿你多承担点儿。"我心说，什么叫"多承担点"？干脆我全干了算了。但家务太琐碎，太细致，似乎永远也干不完，所以我干着干着就干烦了。我私下觉得，这样下去，要不了多久，本人就要变成黄脸婆了。

我教老公买菜、做饭、洗碗、洗衣服，老公起初不愿干，后来看我态度坚决，并且有精神奖励——做一次家务可得一个吻，他就来劲了。凡事习惯成自然，老公干家务已成了一种自然的习惯。

夫妻之间没有不吵嘴的。与老公一吵架，我就哭着回娘家。后来，我觉得这样不好。有一次，我们又吵架了，我流着泪正想夺门而出，逃往娘家避难，忽然又站住了，对他说："凭什么回回都是我回娘家，这一次该你走，我不走！"

老公没法子，只好出去散了一会步。回来后，他对我说："咱们以后能不能不吵架？你回娘家，我就得天天啃方便面。到你娘家接你，还得挨丈母娘一顿训，何苦呢？"我说："你说怎么办？"老公说："以后我绝对不跟你吵架了。太伤感情，生气的时候，我就把心里话写到纸上让你看，这总行了吧？如果还不行，我主动睡客厅沙发反省自己的错误，这总行了吧？"我笑着说，这还差不多。

不惯男人坏毛病，我让老公懂得了珍惜我，疼爱我。真的，试想一下，一个从来不肯染指家务的男人，怎么会知道身为妻子的女人干家务干得多么辛苦呢？女人需要丈夫的呵护。该干的家务就让老公干吧。总之，懂得在经营家庭的同时善待自己的女人，一定是个幸福的女人。

让爱情养成好习惯，是女人必须学会的事。疼爱也是相互的，男人更应该体谅妻子的辛苦。我欣赏上班努力工作，下班回家系上围裙，挽起袖子就炒菜做饭的男人。你问他，为什么这样做？他一定回答说，因为爱。

爱情绽放在春天里

那年春天，我来到这座陌生的城市。为了生存，我什么都干。白天在干洗店打工，晚上还要去夜市摆摊，卖耳环、头花、发卡、丝袜、小工艺品什么的。

有一个男孩，看上去非常腼腆。华灯初上，也许刚下班吧，他急匆匆地走着，却在我的地摊前停住了脚步。

要给女朋友买头花吗？过来挑一个吧。我说。

他不好意思地笑了笑说，你怎么知道我有女朋友？说着蹲下去，在我小小的地摊上用眼神巡视着每一枚头花。我说，我这里全是女孩子用的东西，难道你买了自己戴不成？他立刻红了脸，小声说，倒也是。

地摊上的东西，他看得很仔细，全都看过后，拿起一枚粉红色的蝴蝶状的头花，爱惜地用手轻轻抚摸。我立刻称赞他的眼力好，对他说，这是最好的一枚头花了。不是塑料的，是有机玻璃的。不信你看，塑料的发乌，没有这么好的光泽。有机玻璃的才会这样透亮。

真的，不是我吹，那枚头花真的非常漂亮。蝴蝶呼之欲出，简直就要展翅飞翔似的。浪漫的粉色，正适合年轻的女孩子佩戴。把头发拢在一处，然后别上这枚头花，宛若仙子下凡。

多少钱？十六块。贵了，他说，眼睛一眨不眨地看着头花，身子都没有动一下。好吧，十五块钱归你。

他点点头，掏出钱给我，把那枚粉色头花紧紧握在手里，转身就走。我叫住他，喂，祝你女朋友快乐，祝你们幸福。他开心地冲我挥挥手，揣着宝贝，大步流星地走了。

以后，他就经常买我的东西，不止头花、耳环，还有瓷猫瓷狗啦、玻璃象啦什么的。有时一边挑东西一边聊天，我便知道了，他是一家餐厅的传菜生，工资不高。女朋友很漂亮，他说长得像我。因为他，我的东西卖得很快。于是就再进一批货，再卖。我请他吃烧烤，感谢他是我最忠实的老主顾。我让他带女朋友一起来吃。他说，她忙。

夏天的夜晚，下班路上，他顺路买了草莓带给我。看我吃，他开心地笑，露出一口洁白的牙齿。我问他，为什么不回去陪女朋友数星星看月亮？他说，跟她吵架了，晾她几天。我嗔怪，女孩子花朵一样，要人疼的。他凝视着我说，我知道。

夏天的雨，说来就来。他正在挑选一只镯子，一只红色珠子嵌银的手镯，藏式的，看上去很高贵。如果是别人，我的价一定喊得很高。但是他想要，就成本价给他了。他刚要离开，雨点就下来了。他问我，你带伞了吗？我摇摇头，没有。他帮我收起小小的地摊，其实就是一张折叠成两半的床单上摆放着各式女式用品而已。来不及收捡，就一并卷起来放进包里。雨追打我们的身体，他带我在屋檐下避雨。他问，冷吗？我还没说话，他就脱下外衣披在我身上。怕我难为情，他眼睛朝马路上张望，不看我。我的心感觉无比温暖。一瞬间，我竟然起了这样的心思——若是他没有女朋友该多好……

秋风里，树叶落尽。天冷了，夜市关闭，地摊不让摆了。雪花飘纷的季节，我回到了故乡。每天，望着窗上的冰花，在想他。

当明媚的春天降临人间，我又回到这座熟悉的城市。一路走一路张望，潜意识里，我在寻找一个人。但是，没有。人海茫茫，尘缘不定。所有的相逢都是缘，所有的错过便是无缘。一步一步，向那个熟悉的地方进发，不为摆地摊，只想与一段往事邂逅。

远远的，看见那一米见方的位置，有个人，静静地坐着，守着一方小小的地摊。心跳加剧，在夕阳余晖里。那个人的剪影，让我想起他。

果然是他。一方旧的床单上，摆满了我以往卖给他的东西。粉红色，蝴蝶状的有机玻璃头花，瓷猫瓷狗，玻璃大象，藏式手镯……他说，你终于来了。我就想，有缘一定能相逢。我问，你的女朋友呢？难道跟别人结婚了不成？你怎么沦落到和我从前一样的命运？他微笑凝视着我，说："你还不明白？如果说我有女朋友，那就是远在天边，近在眼前。"

哦，此刻，再笨的我也能猜出所有的谜底。从我们第一次相识，他便喜欢上了我。所以经常买东西，作为对我最实际的帮助。他根本没有什么女朋友，他只是为了我，才不断地买我摊上的东西。之所以讨价还价，是怕我有所猜疑，怀疑他是出于同情才买我的东西。原来，我脆弱的自尊，他一直悉心呵护，不使受伤。

当春风荡漾，希望重新萌生。当初不敢表白真情的他，现在终于鼓足勇气，来寻找自己的意中人。所以他在老地方等我，相信一定会再次遇到我。所有地摊上的东西，只看不卖。

原来爱情降临凡间，声音是那么轻，像一朵花在春风中如约绽放。红尘中，一朵爱情，在春风中静静地盛开。

何惧男人有隐私

事情来得很突然。一个星期日的上午，男人出差回来，一进门，便拿过女人的手机查看个没完。女人由他看去。对婚姻，女人是绝对的忠诚，问心无愧。看过女人的手机后，男人竟然有点怅然若失，仿佛不相信女人清白如水，而是女人事先把那些隐秘的短信删除了似的。这使得女人很自然地问他："你既然看过了我的，我也应当看看你的。"伸手抓过男人的手机。男人脸色大变，要抢回去又不敢妄动的无奈样儿让女人顿时生疑。结果被女人轻易地看到了男人发给另外一个女人的肉麻短信："我好想你；你在哪里？我请你吃饭；我明白你对我的爱……"女人怒不可遏地朝他吼："你明白她对你的爱，可你明不明白我对你的爱？"说着将手机扔到男人怀里，泪如雨下。男人结结巴巴地解释："跟别人开玩笑的，你别当真……"说完落荒而逃。

几天后，男人装作若无其事的样子回来了。晚上，男人熟睡后，女人打开男人的手机，信箱里空空如也。男人学聪明了，在进门之前就删除了所有信息。但电话簿上却有一个无姓名的号码。女人颤抖着手拨通了那个号码，一个陌生女人的声音传来："喂，你说话呀！"

女人真想破口大骂，但最终忍住了。这是男人的手机，还是不要打草惊蛇的好。女人一声不吭，泪流满面。

那天深夜，女人想到了离婚。清晨，跟男人说了这个想法，男人竟然不同意。日子一天天过去，痛苦中的女人终于想通了。在这个世界上,哪个男人没点隐私呢?随他去吧!学会善待自己,别把男人看得太重要。婚姻是两个人的事。我珍惜这个婚姻,也尊重他的隐私。如果是一般的异性朋友,我由他结交。如果他们之间真的产生了爱情,我愿意潇洒离去。因为婚姻是勉强不得的。如果男人的心已远去,还要这躯壳有什么用?

从此什么也不问,每天见到男人,女人首先奉献上葵花般的笑脸。男人的眼神里满是羞愧。从此相安无事,女人的一颗心平静如高山雪湖。对男人的隐私,女人抱宽容的态度。也正因为女人的宽容大度,男人的心反而不再漂泊。也使男人坚定地认为,缔结了多年的婚姻,是值得一生相守的爱的港湾。女人一眼便看明白,以后男人心里依然会有隐私,也将不断地自我消化掉。女人想,随便他怎么折腾自己好了。女人的心,如晴空下的草原,郁郁葱葱,充满生机和活力。不怕男人有隐私,女人活得更从容。女人就这样,用自信与尊严,拴住了男人的心。

珍惜那个和你同吃一碗面的人

那天早上跟老公吵架了,我一赌气便跑出了家门。天气很好,本来说好全家一起逛公园的。我沿着马路无目的地向前走,心里气鼓鼓的,委屈极了。

为什么就不肯听我的话,换上那条方格子领带呢?非得系那条绿领带不可。把一张脸衬得连黑带黄,简直像红军长征时艰难跋涉过的沼泽和草地,竟然还自我感觉那么好!我心里对老公斥责着。

在街上逛累了,肚子也饿了,信步走进一家牛肉面馆,要了一碗牛肉面。热腾腾的牛肉面上来了,我的心情好了一点。

餐馆里走进一对年轻的夫妻,穿着很朴素。俩人要了一碗牛肉面。“一碗?”服务员惊奇地重复道。“是的,一碗就够了。”俩人这么说。面上来了,两个人又要了一只空碗,丈夫将碗中的面拨进空碗一些,然后将大半碗面推给妻子,说:“你多吃点。”妻子拿起筷子,将碗中的面又拨回给丈夫一些,说:“你干活要出力的,你多吃点,我吃这些就够了。”一边吃,丈夫一边说:“钱全寄回去了,以后就更要节省了。今天咱们吃一次牛肉面,就算是提前过年吧!”妻子说:“我听你的。”

触景生情,这对年轻夫妻的对话,勾起我心中的回忆。我想起了多年以前,新婚的我和老公住在过渡房里的往事。所谓过渡房,其实就是年久失修,又矮又潮的小平房。因为没有煤气灶,不能开伙。白天我们俩就在食堂凑合。有时半夜肚子饿了,便泡包方便面充饥。

有一次要吃面时，发现开水不多了，只够泡一包的。于是，两个人你推我让地吃一碗面，如同面前的情形。原来浪漫并不虚幻，它就在我身边。

走出小饭馆，我几乎是用小跑的速度往家急赶。家，那么一个温馨的所在，我要好好珍惜。因为那里面，有我可爱的儿子，和一个曾和我同吃一碗面的男人。那么，不论他系方格子领带还是绿领带，只要心中有爱，他就是值得我一生相守的人。

JINGPINZHENCANG

第七辑

JINGPINZHENCANG

情到深处很快乐

婚姻中的两个人，都必须学会放下，放下所有的过往，一起牵手前行。在婚姻中，不把自己的伴侣与其他任何人作比较，这是明智的选择。因为伴侣是一生的依靠，心灵的知己。那么，不挑剔对方，包容所有，婚姻才会牢固。在婚姻中，懂得欣赏爱人的长处，才能够领略到婚姻生活的美好。

告别AA制，与幸福相依

从婚姻失败的阴影中走出来，经过深刻的反省，我认为是钱造成的。我的前夫花着自己的工资，一分钱也不给我，反而还向我要钱。因为爱他，我把自己辛苦挣来的钱全都交给了他。到最后，他提出离婚，我才知道，他家外有家，金屋藏娇，拿我的钱养外遇，还心安理得。

再次踏进婚姻的大门，我想好了，实行AA制，各付各的账。我想，钱上清楚了，感情也就长久了。

没想到的是，再婚后不久，老公就把AA制落实到了我们的生活中。在我选定钻戒后，他要求我们一人出一半的钱。甚至连度蜜月的旅行费也向我讨要。我们说定，生活费两人平摊，每人每月拿出八百元公用。遇到家里请客，各掏一半的钱。其余的事，各人的事各自掏腰包。

家里水电费平摊，电话费平摊。客客气气的，我越来越觉得别扭。

老公的父亲生病，急需钱用。我有钱，但一想到AA制，我就犹豫了。我说，我们结婚前说好了的，AA制，各人有事各人出钱。你家里的事，没道理找我出钱。他又伤心又愤怒地说，就算是朋友，听到我有困难了也会伸出援助之手，给我借钱，何况我们还是夫妻呢！

看得出来，他的自尊心受到了伤害，但我还是不愿妥协。后来我悄悄去医院看望他父亲，知道他没说假话，治病真的需要钱，于是我最终还是把钱借给了他，不过却要求他给我打一张借条。

周末，我们一起逛街。口渴了，我想买瓶水喝，一摸钱包，糟了，被小偷偷掉了。我只好硬着头皮对他说，借你三块钱，我买瓶饮料。他说，可以，不过你得给我打个借条。闻言，我的脸腾地一下红了。我想到了我逼他打的那张借条。回到家，他递给我一张纸，说，我们分手吧。

那是离婚报告。

我问，为什么？

他说，婚姻是互相依靠，只能让AA制走开。我不希望有一天看到家里到处是借条。哪怕是一块钱的雪糕，也要写张借条。

我陷入深思。

他说，婚姻是两个人的事，是共同的承担与相互的给予。婚姻不可能事事分得那么清楚。因为婚姻的基础是爱情。因为爱，才愿意迁就对方的种种缺点与不足，才愿意和对方共同生活。斤斤计较的婚姻，不可能长久。

我认为他说得对。婚姻就是两个人朝同一个方向看，朝幸福的方向迈进。我中有你，你中有我，才是幸福的家庭。

一起撕掉了那两张借条，我们紧紧地拥抱在一起。告别AA制，与幸福相依。彼此携手，走在漫漫人生路上。

一罐爱情

新婚燕尔，他告诉她，自己最爱吃排骨，糖醋排骨。

有一天，她在街上逛，看见有人在卖砂罐，类似于砂锅的那种容器。她站住了，挑了一只样子最漂亮的。

那天晚上，他吃到了香喷喷的糖醋排骨，盛在一只小巧的砂罐中。他连声说好吃。

一晃十年，每周她都做糖醋排骨给他吃，将砂罐放在炉灶上，微火慢炖。她幸福地笑。

没想到，有一天，他有了外遇，回家逼她离婚。

听了他的话，她如雷轰顶。捧着那罐排骨，她的双手不停地颤抖。她将砂罐递给他，说："尝尝，你最爱吃的……"

他轻轻一推，说："吃什么吃，我在外面吃过了！"

砂罐掉在地上，发出沉闷的一响。热腾腾的排骨闪着诱人的色泽在地上静静地躺着。几点汤汁溅上她的脚背。她没觉得烫，只觉得心痛。

他们分手了。后来，一个笑容灿烂的男人走进了她的生活。他说他爱她，想娶她为妻，好照料她一生一世。她却真的怕了，迟迟不肯给他回复。

一个迷人的春日黄昏，下班回家，她见他在厨房忙碌。几小时前，他特意跟她要了房门钥匙，说是找几本书看看。

她默然坐在窗前，却闻到了久违的香味。一只美丽的砂罐捧在他手中。“快来尝尝，砂罐烧鸡，我最拿手的。”他说。

晶莹的泪滚出眼角。她张开嘴，那香嫩的鸡肉让她不禁莞尔称赞。“真好吃！”她说。

“是吗？那你就多吃点。我小火慢炖，足足炖了4个钟头呢！”他笑着说。

她感动地夹一块鸡肉放进他碗里，深情地说：“原来如此，这里面盛满了爱情。”

人生有轮回之说吧？她怎么也没想到，这一罐爱情会在她最失意的时候，以人间最温馨的方式出现在她的面前。

女人花，风雨之后更美丽地绽放

曾经，我是一个令人羡慕的幸福女人。有一份清闲的工作，有一个活泼可爱的儿子。有一个心疼我的老公，有一个幸福美满的家庭。

但这一切，很快就烟消云散了。

老公有了外遇，跑回来跟我闹离婚。我说，好，既然你不珍惜婚姻，离就离！

就这样跟他分手。去民政局时，我一路微笑，看上去很平静。可当我返回家中，告诉儿子这个消息时，儿子的眼泪让我痛不欲生。抱着儿子，我泪如泉涌。

身上只有四百元钱，我对未来充满忧虑。我可以吃苦，可儿子呢？我舍不得他受一点苦。我对儿子说，没事儿，妈妈会挣钱的。我们一起能过得特别好。妈妈和你相依为命，你就放心吧。儿子懂事地点点头说，妈，我相信你。

为了生活，我在批发市场进了一些发夹、头花、丝袜之类的小百货，打算去夜市摆摊。那天晚上，卖掉了四件童装，净赚二十块钱。

三伏天，阴晴不定。看着是湛蓝的天，白白的云，转眼就是大雨倾盆。我不想无功而返，就立于路边商店的屋檐下，等雨停了再继续摆一会儿摊。

但有的时候，老天爷似乎成心与我作对。有一次，雨一直下，绝望中的我只好坐车回家。到站下车，风急雨骤，天早就黑了，路上没有一个行人。我已经远远地望到了家里的一窗灯光，那么温暖，可就是走不到跟前去。大雨瓢泼，鞭子一样抽打着我的全身。风疾刮，伞脱了手，小鸟一样飞走了。风把我单薄的身子一次次刮到路边店铺的墙上。人撞到墙上，身体早已麻木，不知疼痛。而心里所想，不过是赶紧回到家里，喝上一杯热水，吃一口热饭，躺在温暖的被子里睡一觉。而这最简单的人生愿望，竟也要拼尽全力去争取。当我挣扎着回到家时，人已成了“落汤鸡”。全身都湿透了，嗓子也喊哑了，冷雨浇得我浑身打战，面色苍白，四肢冰凉。儿子抱着我，哭成了泪人儿。后来他告诉我，妈，那天晚上，我以为你不行了……

这是我一生最凄惨的回忆。这经历，让我变得无比坚强。

往往要到午夜时分，逛夜市的人们渐渐散去后，我才收拾起小小的地摊，独自走向车站，等候末班车的到来。夜幕低垂，有存心不良的人会朝我吹口哨，还有陌生人在我身后尾随。我害怕他们知道我是孤单一个人走夜路，一个孤单的女人，没有人陪伴。为了以防万一，我在包里放了一把锋利的匕首。有了这把刀，我勇气倍增。如果遇上突发事件，我会拼死保护自己的安全与身为女子的清白。

在夜市摆地摊的收入不够养家，白天我去给人当保姆。这是个三代同堂的大家庭。每天我要做八个人的饭菜。而且每个人口味不同，很难协调。俗话说，萝卜白菜，各有所爱。家中年纪最大的老人最爱吃甜食，米饭也要拌糖吃。而他家的两个上学的孩子吃饭又特别挑剔。做好的菜不吃，非要下饭馆不可。这让我特别尴尬。记忆中最难堪的，是他家的男主人当着客人的面教我拖地，一遍遍地纠正我的动作，非要我符合他所说的种种规范不可。我这才明白，职业的不同，也与人格的尊严有关。如果你有能力从事好工作，在发挥才智的同时，你才会被人尊重。

意识到这一点后，我辞去了保姆的工作，也不再去夜市摆摊。我在寻找新的工作，能够体现自身价值的工作。求职的过程艰辛而坎坷。我炒过股票，做过期货。卖过水果，送过报纸。在私营小工厂打过工，在干洗店当水洗工。在餐厅当饺子工，一天包出几千个饺子。但是我一直在想，人往高处走，水往低处流。职业也应该越做越好的。

我去广告公司应聘文案兼策划的工作。其实我对这份工作的性质并不了解。我只是觉得它应该跟写作有关。而我一向喜欢业余写作，散文写得极好。

广告公司策划部总监招待了我。因为欣赏我的文笔，他答应让我试工半个月，并给了我一个广告命题，让我明天交给他十个创意。

我说，行。

我立刻去了书店，把有关广告策划的书买了十几本。回到家就开始阅读。一夜的时间，我对广告策划有了一个清晰的概念。清晨，我写出了十六个创意。

总监表扬我超额完成了任务，并对我的聪颖善学表示欣赏。半个月后，我成为这家公司的正式员工。为了做好工作，我常常加班。

有一个饭店老板要做广告，我做了很多创意他都不满意。于是，一夜时间，我做出五十个创意，由他挑选。我的真诚与敬业最终感动了他，他把这单生意交给了公司。我也因此得到了公司老总的赏识，获得了一笔丰厚的奖金。

两年后，我成为这家广告公司策划部的总监。坐在漂亮的办公桌前，优雅地呷着杯中的咖啡，我在思考我的人生前行的新的方向。我并不满足给别人打工，我要自己当老板，过自由快乐的生活。

辞去了总监的工作，我用自己挣的钱开了一家超市。生意红火，钱越赚越多。儿子健康活泼，我的生活充满阳光。

这时候，人生戏剧化的一幕上演了。前夫跑来找我，说因为赌博，总是欠钱，让我借给他一些钱去还账。他说他错了，希望和我复婚。

我拒绝了。人生没有回头路。复婚不可能，借钱也不可能。我永远忘不了当初他狠心抛弃我和儿子时的那副凶巴巴的嘴脸。他是自作自受，他的人生与我无关。

客客气气地送他出门，我没有一丝挽留的意思。曾经的人生，不堪回首，不提也罢，不必作想。更因为，经过了诸多磨难，我有了自信。我深深地知道，自信的女人最美丽。

阳光下，我微笑如花。对爱情，我有执着的信念。我坚信，那属于我的真爱，一定会降临我的身边。

女人花，风雨之后会更加美丽地绽放。

学会放下

我离婚了。寂寞的夜晚，我上了网。认识了一个年轻的帅哥。诗意的帅哥对我说，我爱你，我想你。

我便越过千山，奔着爱情而去。缱绻之余，帅哥告诉我，原来，他家有娇妻爱子。真相实在严酷，我无语离去。

而爱，并不因理智的羁绊而止步。孤寂的午夜，我被相思打败。他温言款语，誓言凿凿。一句一句，仿佛催泪弹，在我眼前炸开，禁不住让我泪流满面。在有过亲密接触之后，我真的爱上了他。但这世界上没有“如果”两个字，摆在面前的就是现实。

无奈地默许这段不该发生的恋情，我不想被寂寞吞没。我的心，一定要找到一个停泊的港湾。

只能等他闲暇时打电话过来。而他打来的电话次数越来越稀少，透着薄凉，像喜马拉雅山顶的氧气。让我忍不住要打过去，像要抓住生命中的那根救命稻草。颤抖着手拨通了他的电话，我心跳如鼓。几秒钟的等待，于我却仿佛度过了难熬的一个世纪。终于听到了久久期盼的声音，却是淡而无味的怠慢与漫不经心的敷衍，那么刺耳，那么不耐烦，冰一样带着寒气，夹着风雪。喂？哦，噢，哎……几个语气词之后，他甚至无意于要听清我说话的内容，就关掉了手机。

一瞬间，心凉如冰。原来他只是我的一个梦，梦醒时分，只有落花满地。满腔的爱恋，激情似火，刹那间灰飞烟灭，干净利索。就像那艘满载爱情的泰坦尼克号，猛然撞到冰山，便疾速沉入冰冷的海底。

放下电话，我含泪微笑。早就知道是这个结果，只是放不下，一定要试一试，亲手证明自己的愚蠢。终于明了心里早就明了的事——他过得很好，不想被人打扰。他生活得很滋润。是我，那么轻信，相信他的鬼话。女人，都一样的容易上钩吧？尤其是寂寞中的女人。

郑重地打开手机，找到设置，在拒接号码一栏中，忍着剜心一样的痛楚，一个数字一个数字地输入他的手机号，然后，按下确认键。一瞬间，听到了自己的心碎为千片的声音。

终于舍得把他的手机号设为拒接了。这之前，一直舍不得。心灵深处的潜意识里，还期待他有时间打电话过来，那于我就是莫大的惊喜。而今，终于死心了，不再幻想去获得一份原本就不属于自己的情感慰藉。从此以后，那个号码再也不会打进来，因为我设置了人为拦截。更重要的是，因为我终于学会了放下。

真正的放下，不是不予理会就行了。在许多时候，这种单方面的不予理会，甚至有自欺欺人的味道。不仅是不予理会，而且是在心底，不屑相依。不给对方一丝一毫的机会。这才是真正意义上地放下。不联系对方，那还不够。让对方无法找到你，联系到你，才是真正的放下。

感谢自己内心深处一直存在的强烈的自尊，让我的人生在偏离了轨道后重新回归正确的道路。这其实是给自己更多的机会，可以从容地期盼更加美好的未来。毕竟，红尘间，值得爱与珍惜的好男人有的是。

挑剔你的人不爱你

人海中偶然相逢，他很喜欢她。一开始，她对他没什么感觉。有一天，她看到报上他的文章，才知道他很有才华。

她开朗活泼，笑意怡人。业务上，她非常优秀。他却因为是新来的，样样不熟。她手把手教他工作要领。常常地，他的工作计划，都是由她亲手修改过的。对此，他分外感激。

当时，他们遭遇人生中最艰难的困境。房子意外失火，烧光了他所有的财产。而她也因为种种原因，被单位解雇了。房子就此收回，她也没了住处。

那是他们人生中最漫长的一个冬天。他们抱头痛哭，随后互相鼓励。坚定信念，开始新的人生。两个人一起结伴去租了房子。房子很小，但彼此很开心。那是他们一生中最甜蜜的时光。遇到困难时，他会对她说，亲爱的，别怕，有我呢！为了生活，他们必须找工作。只要能赚钱，他们什么都干。

春暖花开的时节，生活开始好转。她找到了一份稳定的工作，薪水高，而且不用加班。他呢，在一家大公司担任要职，比她挣得还多。渐渐地，他的眼神变得复杂起来。他开始嫌弃她，嫌她笑声太响，不符合淑女风范；嫌她跟男同事交往太密；嫌她的亲戚常来串门儿，打扰他清净的午休；嫌她穿衣服没品位，妆化得不是太浓就是太淡；嫌她做的饭难吃，味同嚼蜡……

她战战兢兢，不知问题出在哪里。她想让他满意，拼命迎合他的口味，却遭到他更恶毒的嘲笑。他说她头脑空洞，没有自己的思想。

她在痛苦中反思自己的言行，认为自己还是从前的自己。她叹息着想，但他已经不是从前的他了。她对他说，以前我们多好啊，现在怎么了？他不耐烦地说，以前的美好我是永远不会忘掉的。但是……她终于明白，从前已经过去，变成记忆了。她终于明白，以前他是真爱自己的，但随着时光流转，现在的他已经不爱自己了。

一天晚上，他彻夜不归。她苦等了一夜，终于死了心。第二天她收拾了行装飘然离去，一字不留。有一天，在繁华城市的街头，她看见他挽着一个年轻女孩的手臂漫步，亲密无间，旁若无人。一切昭然若揭，答案尽在眼前。她含泪微笑凝视他最后一眼，然后快步前行，把他甩在了身后。终于放下了所有的过往，她的人生重新开始。

挑剔你的人不爱你，你没必要为任何人改变自己。不要猜测他是什么意思。如果你不懂他到底是什么意思，那他对你就是压根没一点意思。曾经寒夜里温暖的相依，只是残存的一点记忆罢了。人生的篇章，必须和爱你的人一起书写。

爱情出现的模样

长久以来，耳边一直回响着冰心老人对铁凝说的那句话："你不要找，你要等。"我有过婚姻，但遭遇失败。我曾做过努力，终至无果。所以冰心的话，我感同身受。原来爱情不是找来的，而是等来的。

在等待的日子里，又有了许多新的疑惑。我生怕自己像那个可笑的教堂神父一样，在洪水袭来的关键时刻，一心等上帝出现，而因此错过了多次能够脱险的机会。在被洪水吞没的瞬间，他问上帝，你为什么不来救我？上帝说，我曾三次派人来救你，他们是小艇上的救生员和你的邻居。为了救你，最后我甚至出动了直升机，但你都拒绝了啊！神父如梦初醒，说，原来那些人都是你派来的。但你不说，我怎么知道呢？

这个故事让我想了许多。我期待已久的爱情，最终会以什么样的形式出现呢？他是谁？我们会在什么地方见面？浪漫滋生心田，我希望我的爱情是在春暖花开的时候出现。在幽静的山谷，百花盛开。心上人笑容灿烂，我们正巧遇上。正如张爱玲所说，没有早一步，也没有晚一步。我嫣然一笑说，真巧啊，原来你也在这里。春天过去了，爱情没有来。

我希望在盛夏时节，和我的爱人深情相拥。玫瑰花热烈绽放，映红我的脸庞。我们在海边相逢，沙滩，海浪，椰子树，何等温馨。一起吃海鲜，一起去看海，听海浪的声音，看浪花飞溅。夏天过去了，爱情没有来。

我希望在金秋时节，我的真命天子踏着满地的落叶，翩然而来。身边美人蕉怒放。还有九月菊，芬芳盛开。更美的是，可以一起欣赏枫叶的美丽。如果枫林的一边有人叫卖黄花鱼，那就先买两条黄花鱼拎在手中，然后继续赏枫。回家后，将美丽的枫叶夹在书中，做永久的珍藏。将黄花鱼小火清蒸，滋味一定妙不可言。秋天过去了，爱情没有来。

我希望在寒冬时节，我的另一半，肩头落有白雪，仿佛蝴蝶翻飞，适时出现在我面前。我们一起踏雪寻梅，何等诗意。一起收集梅花上的雪，烹制出如《红楼梦》中妙玉所烹的好茶，一起享用，多么惬意。此时，我在飘飘白雪的北国，凝望窗上的美丽冰花。而我的爱人，依然没有出现。那只好期待来春了。人生就是这样，在等待中一天天老去。

我不知道，如果人生果如《蝴蝶梦》中的情节，在旅游中意外邂逅。在早餐的餐桌上，遭遇男人漫不经心的求婚，我该不该答应？正如书中的男人所说——嫁给我好吗？你觉得很惊讶是吗？哦，是的。在这样一个平常的早上，我手里拿着面包，面包里夹着果酱。我们正在吃早餐，而你的嘴角还挂着一星面包屑。你觉得这实在太不可思议了。哦，我应该单膝下跪，饱含深情，手捧鲜花，向你求婚，那样才显得真诚是吧？哦，我亲爱的宝贝，那只是形式而已。如果我真的那样做，会显得很滑稽的，因为生活是极其现实的。这现实就是——我是一个成熟的男人，我知道自己在说什么和做什么。我可以给你一份安定的生活，前提就是请嫁给我。

这部小说我读过很多遍，每遍的感受都不同。年轻的时候，觉得这样的求婚方式实在简单得可笑，没想到女主人公真的就一口答应了,在心里替她感到委屈,觉得不值。而今,阅尽千帆,经历风雨,终于有了感恩的心情,珍惜的情怀,觉得这才是世上最浪漫的求婚方式。生活无须点缀,相爱就应该结合。

不惑之年的我,所有的疑惑全消。我终于明白,冰心老人的话是对的。那漫长的等待,就是极富针对性的钓鱼。而四处寻觅,则是在茫茫人海里瞎撞。相形之下,自然是岸边的钓者胜算更大。

也终于明白,等待的过程,其实就是内外兼修的过程。也就知道了,有一天,当内心世界丰美,姿态优雅从容,爱情才会不期而至。正如春天的苹果何等青涩,那是没法吃的。你一定得等到秋天,才能嗅到果香,尝到甜美的果实。而实际上,对一枚苹果而言,每天都在充实内心,每天都在走向成熟,这个生长的过程是不可或缺的。原来在等待中,什么都没耽误,一切全都赶趟。正所谓,瓜熟蒂落,水到渠成。

生命中的每一天,我都在等待爱情降临。那么,当爱情真的到来之时,以什么样的形式出现,那并不重要。因为爱情的模样,自然是千姿百态。最重要的是,无论爱情以怎样的模样出现,我都不会错过。

幸福婚姻与“宝马”无关

我的人生很坎坷。不惑之年的我，终于收获了一份来之不易的爱情。我很快乐，因为知足。

晚饭后一起看电视，电视剧《奋斗》的情节扣人心弦。剧中的杨晓芸对向南买的“奥拓”大加指责，张嘴闭嘴都是“破奥拓，当废品卖也没人要……”

对此，他感慨万千。对我说，女人都想坐“宝马”是吧？唉，看人家向南都比我强。我混到今天，连辆“破”奥拓也没有呢！

我不想说我不喜欢“宝马”，如果我这样说，就是虚伪。我实话实说，“宝马”确实好，豪华气派，乘坐舒适。

握着他的手，我诚恳地说，我知道你有心事，但你肯定是过虑了。我的前夫很有钱，但我从来也没坐过他的“宝马”。因为他是花心大萝卜，他开着这车载情人兜风，动不动还玩“车震”，让我觉得很恶心。纵情酒色的人，我无比反感。和珍惜自己的爱人在一起，哪怕步行，也是快乐的。

我告诉他，《奋斗》的结尾，在经历了人生的种种波折之后，杨晓芸终于意识到了自己内心深处对向南是那么挚爱。她最终选择了和向南同过平凡的生活，坐着那辆“破”奥拓兜风，她觉得无比快乐。

我笑道，把“宝马”忘了吧。平凡的日子，何须名车点缀？柴米夫妻，清茶一杯，也自有乐趣。其实身为男人，也不必给自己增加无谓的压力。经历了人生的诸多磨难，对我而言，幸福就是朝夕相守，就是热腾腾的大饼油条，就是一碗香喷喷的皮蛋瘦肉粥。经历了无数的人生风雨，我终于明白，幸福婚姻与“宝马”无关。

我一席肺腑之言，最终使他满脸的阴云一扫而光，久违的笑容又出现在他的脸上。他拥我入怀，说，你是我的知己。

不坐“宝马”也幸福。寻常百姓的爱情，同样活色生香，生机盎然。

爱情不能太用力

人生的三大支柱是亲情、爱情、友情。对一个女子来说，亲情是长久的，友情是永恒的，唯有爱情是变数极多的，难以把握与掌控的。越是得不到的越有吸引力。所以，常看见为情所困的女人，终其一生郁郁寡欢，誓不言嫁，寂寞到老。其实，这大可不必。

俗话说，林子大了什么鸟都有。有薄情寡义的，就有情深似海的，看你运气如何。却不必一竿子打翻一船人，张嘴就说"男人没一个好东西"。

之所以有如此痛切的感受，真的把一段感情由怨上升到恨的境界，那也不过是因为爱得太深，爱得太狠，爱得太用力了。

比如《非诚勿扰》中的笑笑，非得跑到日本的北海道，然后身姿优美地纵身跃入冰冷的海水中寻求解脱不可。非得死一次，才能真正了断前情，这代价实在太大。也就是救上来了，如果没人救，那可真惨了。

比如《奋斗》中的米莱，爱陆涛爱得死去活来。父母送她出国留学，本意就是想让她了断前情，重获快乐。因为爱情勉强不来，对方不认可，单相思有什么意思呢？但她竟然偷偷跑回来，放着好好的书不念，弃远大的前程于不顾，非要亲手做一顿饭给陆涛吃，祝贺他生日快乐不可。其痴情的程度，令人无语。

比如《贤妻良母》中的痴情女子李小英，对青梅竹马的恋人全心付出，却遭遇无情的背叛。发现真相后心痛不已的她，欲找男友理论，岂料竟遭到一顿毒打。身心俱损的她，差点失去了活下去的勇气。

生活中，身边的朋友对我说，除了他，我一无所有；除了爱情，我别无其他。所以，一旦爱情失败，便终日以泪洗面，难以自拔。我说，不对，除了爱情，你还有你自己，不要迷失自我。没有爱情，你依然可以过得很好。没有爱情，可以等待。

爱情不能太用力。以手握沙，握得越紧，手中沙流失得越快。爱情不能太用力。就像一个生鸡蛋，托在掌中，没有问题；但若想要握得更紧一点，就一定会捏破蛋壳，使蛋液四溅。

爱情是一种缘。是自己的，谁也抢不走。如果爱情脆弱得站不直，像无根的浮萍，经不起一点现实生活的诱惑，动不动便左摇右摆，这样的爱情不如放弃，因为没有安全感。

轻松地爱，平静地爱，爱才能够持久。如同一张弓，弦绷得太紧了，会断掉。断掉的弦反弹回来，一定会抽痛你的手背。

男人如植物，我钟情参天树

人到中年，我对男人有了更深的了解。男人就像植物，大致可以分成三类：草、藤、树。

第一类男人似草，貌似强大，其实内心脆弱无比。再加上自卑心重，随时准备像老鼠一样，打个地洞钻进去。这种人，暂且称为低调男人吧。他没有什么本领，胆小怕事，一遇风吹草动，立刻噤若寒蝉。这样的男人，心理年龄超小，连墙头草都算不上。因为草在墙头，其实承受得更多，更需要勇气。这种人就是一株伏在地面的草，每天担心的就是别人不要踩上我。每天得过且过，但求无过。这样的男人，难堪大用。

第二类男人像藤，用柔情的藤蔓，把你死死缠住。他赞美你，索取你的爱。他是个长不大的孩子，不是泡在电脑前，就是与朋友混在酒场饭局。从不懂身上的家庭责任，只希望你用母性的关爱，去呵护他，照顾他。事无巨细，皆要你出手。所有重担，须你一肩扛起，他不懂珍惜、感恩，而你永远不能喊累。

现在的"藤"真是坦白到家了，敢言心声。在一个电视相亲节目里，就有一位小男生当众说出了这样一句震撼全场观众的话："我是来找富婆的。"所有的女嘉宾听了，鄙视的目光能刺穿他的心脏。但他理直气壮，面不改色："对，你说包养也可以，随便你怎样理解。"为了少奋斗十年，仗着青春帅气，他立志做一根缠人的藤。对这种男人，我不欣赏，甚至鄙视。

第三类男人像树，挺拔，坚韧。他不一定很帅，他不一定很有钱，但他有才华，肯上进，敢担当。在你需要他的时候，他一定会及时地出现。平时，你可能感受不到他的爱，但关键时刻，他一定会对你说："别怕，亲爱的，有我呢！"这种树，根深叶茂，可以依靠。

我喜欢舒婷的《致橡树》，倒背如流。从十八岁起，我就在寻找自己的"爱情树"。岁月如流，我见过许多小草，在寒风中伏在地上，瑟瑟颤抖。在人生路上，有许多藤蔓绊倒过我，让我费尽心力去摆脱它们。一路走来，我坚定前行，寻找我的橡树。

男人如植物，聪明的女人要学会挑选。草，给不了你什么；藤，需要你呵护。唯有参天大树，经得起风雨，担得起你人生旅途上的一路沧桑。

婚姻保鲜多聊天

有一个女孩，仅仅因为向他求婚的男人离她距离远了点，就很干脆地拒绝了对方。这是因为彼此相处的距离，远没有达到促膝谈心的程度。因此这样的求婚，就显得格外莽撞。再则就是前面的铺垫不够。这铺垫就是聊天。要充满热情地聊，赞美她的可爱之处，她才会相信你的诚意。冷不丁地就要她嫁给你，没有前奏，你竟然还相距在一米之外。这样冷淡的求婚，任何一个女子都会觉得唐突，继而觉得尴尬。求婚应该是贴身进行的，最好伏在女子耳边低语，呼吸声，心跳声都能让对方听见，才能显出真诚。

当当网的女主管，和她的丈夫有个不成文的约定，就是每天晚上临睡前，两个人必须聊天一小时。这一小时里，彼此诉说当天的烦恼与快乐，生活的琐碎与事业的追求。然后两个人相拥而眠，幸福而满足。对于这个约定，女主管理直气壮地说，如果他连每天陪我聊天一小时都做不到，我嫁他干吗啊？

所以，男人们，不要给自己的懒惰找种种借口。有的人说，我天生嘴笨，不会聊天。有的人说，我性格内向，不善聊天。我要说，其实，和妻子聊天，根本不需要任何语言技巧，朴实、真诚就够了。家长里短，柴米油盐，话题无处不在，尽可信手拈来。每天陪妻子聊天一小时，就是对婚姻的最大尊重，就是对妻子的最好呵护。陪妻子聊天，才能知道她的辛苦、她的烦恼、她的忧伤。陪妻子聊天，才能知道她的心声、她的追求、她的爱好。

科学显示，一个人，尤其女人，每天要说够一定数量的话，心情才会好，内心才能保持平静。而一个不肯陪妻子聊天的男人，让妻子整日心生郁闷，不找你吵架才怪。吵架是另一种形式的情绪释放。它提醒男人，坐下来，陪妻子聊聊天吧，她心情不好，想说出来，需要有人倾听。

真挚爱情聊出来，婚姻保鲜多聊天。男人们，每天抽出一个小时陪妻子聊聊天，所费不多，收益很大。妻子对你深情的爱，就是最好的回报。

给他一个爱你的理由

湖南卫视的《我们约会吧》收视率很高，站在灯台后面的女孩子，自信心极度爆棚。

一个年轻的女孩子，面对帅气的男嘉宾，开门见山地说，我不会做饭，也不会洗碗。不想买菜，也不想择菜。总之我什么家务也不会做，你觉得呢？男嘉宾宽厚地说，如果我们有缘，洗衣做饭之类的家务我全包，这可以吧？女嘉宾一听更来劲儿了，撒娇说道，我也不想和爱人一起奋斗，那太累了。我希望能找上一个一切现成，有房有车有存款的人结婚。帅气的男嘉宾很有耐心，想了想说，那也可以的。如果我们有缘，我愿意让你过上美好生活。我来打拼，你享受人生就好了。女嘉宾一听，得寸进尺，继续说道，我也不想那么早生孩子……男嘉宾问，那你想什么时候生孩子？女嘉宾说，至少三十岁以前不考虑。男嘉宾听了，神色黯然。掉头看别人去了，再也没理她。随后上场的四位男嘉宾，仿佛商量好了一样，上场只看了她一眼，就对她失去了兴趣，没人搭理她。因为这个自我感觉相当良好的女孩子，其实相貌平平，职业也很一般，个头还偏低，眉目缺乏灵气，神态矫揉造作。不想付出任何，却想获得完美的幸福，可能吗？

红尘间，完美的女子固然难得。然而，普通的女子，也未必就不能拥有幸福的生活。一句话，身为女子，你总得有个长项。如果不漂亮，你聪明也行。如果不聪明，你温柔也行。如果不温柔，你还有个好职业。如果没有一份人人羡慕的好工作，那至少你会做家务，收拾屋子……总之，贪图享受不说，自身还一无可取，那你离幸福肯定相当遥远。

男人凭什么爱上你？如果你爱唠叨，喜欢搬弄是非，爱传闲话。而且饭做得难吃，不会织毛衣，还不想生孩子……更重要的是，你对男人压根不了解，或者也不想了解。如果你只想嫁个一切现成的男人享清福，那还不如自己自由一辈子算了。因为男人有男人的想法，男人有男人的快乐与悲伤，男人有男人的伤痛需要你安抚，男人有男人的郁闷需要你倾听。男人娶你，是因为男人需要一个女人来做伴，共度人生。而不是娶个公主高高在上，只当摆设，不具任何实用性。一句话，男人可没这么贱。素质高的男人，对伴侣有更深层次的心理需求，希望她有才华，有智慧；希望她能够在思想，甚至工作中对自己有所帮助，成为生活上的贤内助、精神上的知己。一句话，男人对爱人的要求多了去了，这里省略一万字。

男人凭什么爱上你？爱上你，一定至少有一条理由。或善良，或真诚，或善解人意，或心灵手巧，或柔情似水，或美丽大方。而作为女子，应该清醒地知道，要想拥有幸福，就得有所准备。准备接受一个为生活打拼的疲惫男人，时刻准备倾听他的心里话。时刻准备给他的心灵充电，让他第二天能够信心百倍地出门上班……婚姻中的女人，责任心应该更强。嫁给了他，就要与他风雨同舟，从此不离不弃，一生相伴。

嫁给“六神”男人最幸福

“四神”男人，应该是时下新好男人的标准之一。

“四神”的具体内容是湖南卫视知名主持人汪涵在《天天向上》里说的。他说，现在新好男人的标准应该是这样的：“男人出门是财神，回到家里是门神，进到厨房是灶神，走进卧室是战神。”对此，我极其赞同。

男人出门是财神。男人天经地义，背负着养家重任，本来就应该努力赚钱，让老婆满意。衣食无忧是低层次，精神享受更要有。

回到家里是门神。居家安全，男人应该负责。负责到什么程度呢？晚上，一直得等到女人甜蜜入梦后，男人才可以闭上眼睛入睡。男人当以奉献为光荣，以随时下床为女人服务为荣幸。比如时刻准备着为女人拿一袋零食，端一杯热茶，递一本时尚杂志，等等。

进到厨房是灶神。当今世界男女平等，不要指望白领丽人下班后，无怨无悔地下厨房做晚餐。接受现实吧，与其等着吃女人烧煳的饭、炖得没滋没味的汤，不如自己动手，练一手好厨艺。

走进卧室是战神。这个就不必细说了。成年男女，心有灵犀，何须多言。

“四神”男人，当真不错。女人若有幸嫁给这样的男人，一定很幸福。

除此之后，我个人又额外增加了“两神”的内容，使时下新好男人的标准更趋完善。“两神”是指陪老婆聊天是侃神，制造浪漫是爱神。

现如今，肯每天陪老婆聊一小时的好男人真是不多见了。好友相聚，男人自是千杯不醉。若是与红颜知己神聊，那也绝对是精神百倍。但独独是回到家中，一见老婆就犯困，无精打采只想睡觉。还说这是什么“审美疲劳”，说是左手摸右手，没有爱的感觉了。其实爱情重在经营有道，日日更新，已婚男人应该多在自己身上找原因，下功夫。每天陪老婆聊天，更应该认真对待。一句话，老婆是用来心疼的，不是随意敷衍的。

已婚女子常抱怨老公不浪漫。其实已婚男人，对浪漫深谙其道，只是长年生活一处，没那个心劲儿去制造浪漫罢了。实际上浪漫无处不在，而且不需花很多钱。每天替老婆挤一下牙膏，每天送上一个吻，一句贴心的情话。每天打个电话，发条短信。下班路上买盒巧克力，结婚纪念日送一束红玫瑰……无须破费多少，只要男人重视老婆，爱神之箭经常擦拭，不使生锈，浪漫就会温暖地萦绕在平凡生活的每一天。

总之，一句话，女人嫁给“六神”男人最幸福。

第八辑

情感探讨有心得

婚姻生活应该让我们不断获取能量，让我们对自己更加充满信心。柴米油盐，平凡夫妻，也要不断营造浪漫氛围，不断更新爱情。一起做饭、洗碗、做家务，一起散步、旅游、看风景。幸福从来不平淡，它体现在点点滴滴的快乐之中。

嫁一个“三鲜”牌的老公

随着时代的变迁，好丈夫的标准也一直在变化，不断被修订与更新。以前有句俗话，叫做嫁汉嫁汉，穿衣吃饭。现在的女孩子对此不屑一顾。另外还有一句，男人最爱挂在嘴边的俗话，叫作嫁鸡随鸡，嫁狗随狗，嫁给猴子满山走。现在的姑娘们更是压根不理会这一套。这都什么年代了，这些陈词滥调早该进博物馆，全是老古董了。

与时俱进的时代，时兴女人挑男人。一眼看不顺，转身就走，就这么干脆。关于嫁什么人比较合适的问题，虽说是见仁见智，但有一点的认识却格外统一，那就是男人得有钱。这年头，有什么别有病，没什么别没钱。既然要嫁人，对方的钱包自然越鼓越好。经济基础决定上层建筑，于是，女人们一窝蜂嫁大款，傍富商，钓海归，找老外。开场轰轰烈烈，风生水起。结局基本上相同，并不幸福。中国现代漫画家钱海燕曾苦口婆心教导我们，嫁大款就像抢银行，收益很大，但后患无穷。若能不试，还是不试为好。

可惜的是，适龄女子们，在别的事情上可能还会谨慎小心，但偏在择偶问题上那么勇敢，大都有吃螃蟹的勇气。试过了固然追悔莫及，但侥幸心常在。总觉得这波不行，再赶下波，总不至于把把输，人生总该有个翻本的机会。岂不知，思想不改变，人生一定永远赢不了。因为，如果一定要用婚姻当跳板，那也只是为了跳进幸福的海洋，畅游其中；而不是为了一头栽进不幸的地狱，沦为花瓶与摆设。所以，为钱而嫁，是非常愚蠢的选择。

现如今的女孩子，不仅靓丽时尚，对婚姻也颇多深刻的感悟。我赞成时下最新潮的婚姻理念，老公要“三鲜”牌的。环境鲜，他是个会生活，懂情调的人。语言鲜，他是幽默的天才。行动鲜，他的行动总让人出乎意料。环境鲜，就是房子不必太大，够住就行，重要的是男人要会营造浪漫氛围、心灵诗意。语言鲜，就是会逗人开心，让女人天天笑口常开。行动鲜，就是时不时会带给女人一个意外的惊喜。说到浪漫与惊喜，零成本虽然不可能，但也完全不必破费太多。一个电话祝福，一条短信问候，一袋零食，一个亲吻……爱在细节的表达，温馨尽在其中。

嫁一个“三鲜”牌的老公，清爽宜人，鲜香美味，这是女人的最好选择。

已婚熟男当提防

情感的战场上，男人和女人的较量从来没有停止过。大体来说，跟男人较劲儿，失败的常常是女人。因为女人输不起，而男人磨得起。人到中年的女子，再怎么打扮，眼角的鱼尾纹也清晰可见。岁月无情，青春短暂，女人拿时光没有办法。而男人则正好相反，越老越有味道：成熟，优雅，事业有成，家庭幸福。也就是到了这个阶段，一路奔忙、奋力打拼的男人，才能够放缓脚步，欣赏人生的风景。有钱又有闲，一不小心再来点气质，那对女人更具杀伤力。

于是，已婚熟男就成为女人眼中的魅力男人。一些年轻的靓妹，自觉长得闭月羞花，心怀美丽幻想，就干飞蛾扑火的傻事，向熟男投怀送抱。两个人有了爱情，靓妹就想及时转正，人家轻松甩一句“我是不会离婚的”，就直接把门关严，一切看你自己了。本来就是露水夫妻，玩的就是心跳。

在爱情面前，女人的智商绝对为零。年轻的就不说了，人到中年，徐娘半老，风韵犹存的寂寞女人更善于做美梦。遇到向自己献殷勤的熟男，自觉自己成熟而年轻，年龄相仿，气质相配，怎么看怎么合适，不论对方婚否，全情投入。自觉爱得勇敢，其实一切都是海市蜃楼而已。于成熟男人来讲，愿者上钩，我没有强迫你。成熟男人多么现实，绝不给你一句承诺。成熟男人其实更吝啬，最好你把自己挣的钱给他花。他不离婚，家庭绝对不能乱。他倒是乐于把你的生活搅乱，因为这样才能彰显他的魅力。他忙起来，一条短信都不发给你，十天半月不见他的影儿。但他要约你出去，你立刻就得放下手头所有的事情去赴约。一听他喊手头紧，你就应该善解人意地帮助他，把自己的信用卡递给他，随便他刷。你若要享受婚姻以外的别种风情，成本自然高昂，这是必须付出爱的代价。

所以，无论是年轻的靓妹，还是婚姻中寂寞的女子，对已婚熟男一定要保持警惕，保管好自己善良的心以及自己的钱包，千万不要有任何侥幸心理。某些成熟男人，进得家去，吃老婆做的饭，一起唱“我能想到最浪漫的事，就是和你一起慢慢变老”，把老婆感动得热泪盈眶。可一旦吃完了饭，嘴一抹，说一句晚上有应酬，便大摇大摆出门去，寻找刺激。

我不是说所有熟男都不可靠，但防人之心不可少。提防已婚熟男的温柔陷阱，是每个女人人生路上的必修课。

再贤惠的女人，也不要把所有家务干完

当恋爱到了一定阶段，结婚就立刻提上议事日程。享受两个人的幸福世界，那温馨的向往让男女双方恨不得一步就跨进洞房。但是，进了洞房以后，就有了新的烦恼，饭应该谁做？碗应该谁洗？地应该谁拖？玻璃应该谁擦？……

我的经验是，再贤惠的女人，也不要把所有家务干完。

记得曾参加一个婚礼，其豪华程度令人咋舌。来宾啧啧赞叹，夸新郎出手大方，新娘所有的条件一概满足。不料新郎出语惊人："这年头，干什么都得讲究成本。媳妇娶进门，就是不花钱的保姆，这辈子都得侍候我。以后，我算进入幸福世界了，被子有人叠，臭袜子有人洗，饭有人做，孩子有人生。你不想想，请个保姆得花多少钱啊，远不及娶个媳妇划算……"

我这才恍然明白，这是娶个免费的保姆进门。这一生，家里的所有家务都归她了，这是毫不含糊的。我心里就特别不服气，凭什么女人一旦成了家，就得承包所有家务啊？想想看，男人一人挣钱，养活不了全家人，女人也只得在职场打拼，像男人那样战斗。一天朝九晚五在职场与人竞争，早就已身心疲惫。回到家来，买菜做饭，洗碗拖地，整理房间……白天在职场已经累了个半死，进得家门，又得打起精神向家务进攻。那身为老公的男人，真就能够做到心安理得地享受老婆泡的茶、做的饭、洗的衣啊？！这还不包括额外的零碎活儿，比如编织毛衣，浇花种草，养鱼喂鸟……女人怎么活得这么累啊！

所有的爱，在此时都化为一句话：帮心爱的女人一把吧！顺理成章，把这话说出来，分一半家务给老公，合情合理。

我把身为老公的男人们分为三类：懒人、大男子主义者、心有怜惜的人。

对付懒人，我有高招。懒人耳根软，你说，他听，答应得好好的，就是手懒，光说不动。聪明的妻子们，不妨用软招对付。告诉他，我要进修，或晚上加班，回来晚，晚饭你看着办。这招隔一段时间用一次，准灵。

大男子主义的男人，最大的软肋是要面子。适当袖手旁观，要让一个男人对自己的行为负责。把他的衣服、袜子、日常用品之类单独放置，柜门一关，里面乱成什么样儿都别管他。只要你能坚持住，就能取得胜利。

最好对付的是心有怜惜的主儿。对这样的人，要给予适当的奖励。比如，洗件衣服奖励一个拥抱，洗两件呢，就奖励一个吻。温情诱人，温馨无比。在身为老公的男人还没意识到中招之前，已经把他搞定，这一半家务算是踏踏实实落实到他头上了。这就是甜蜜的胜利，身为妻子的女人们就偷着乐去吧！

很多男人骨子里其实更愿意成为天生长不大的那种人——不用承担家庭重任，不用改变与生俱来的惰性，永远自由奔放，我行我素……所以，女人分一半家务给老公就很有必要，因为责任感、自豪感以及时时更新的爱情就在做一半家务的同时油然而生，悄然回归。所以，分一半家务给老公，不仅是女人们求之不得的，同时也能增加家庭的乐趣、婚姻的稳固。

“八分熟”的婚姻最幸福

俗话说，治大国如烹小鲜。其实于婚姻的意义上来讲，也是如此。

在婚姻中，夫妻二人都是厨师，必须配合默契。人生的菜，你择我洗，你切我炒，烹出一锅美味佳肴。这锅菜的名字叫幸福。

如果说十分是完美家庭的标志，那么最好的婚姻应该是“八分熟”。婚姻的佳肴，煮过火了就吃不成。肉炖过劲，就会烂成肉渣。当然，反过来说，炖得时间不够也不行，菜还生着呢，吃了要腹泻。肉硬得像石头，真的是味同嚼蜡。因此我认为，婚姻这锅菜，烹煮的火候尤为重要。

先说五分熟的婚姻。这种婚姻，相当生涩，像树上的青果，咬一口酸掉牙。一般说来，刚缔结的婚姻，都具备这种特征。自由的男女组合成一个家，女的不会做饭，男的不知节俭。一句话，双方都不知道婚姻是怎么回事，需要慢慢适应。

再说六七分熟的婚姻。这时候的夫妻双方，总算在头脑里有了一点家庭观念。恰在此时，孩子出生，家庭持续忙乱期，忙碌的双方都疲惫不堪。

九分熟的婚姻熟过劲了，也不可取。经过多年磨合家庭趋于稳定，表面上看婚姻光鲜靓丽，惹人羡慕，其实各自在外尝鲜，彼此心照不宣。

十分熟的婚姻，就像一瓶牛肉香辣酱，经过长时间的熬制，香味扑鼻。经过了岁月的风雨，两个人心心相印。但是到了这时，用赵本山的话说就是，如果说以前论天过，现在就该论秒了。人生本就是充满了遗憾。当你懂得了珍惜婚姻之时，生命也开始了无情的倒计时。

八分熟的婚姻，活色生香。女人会做饭，善料理。男人能挣钱，而且懂得节省。小日子水涨船高，永在爱河中徜徉。婆媳相处有道，孩子教育得当。全家人尽享天伦之乐，家中阳光灿烂，满是幸福的味道。这样的婚姻，仿佛小火慢炖的红烧肉，红亮鲜香，诱人食欲。

爱情中的“正室范儿”

我极欣赏一句话,叫作站着恋爱。爱不是死缠烂打,爱不是控制行踪。在爱中,要保持矜持,要有“正室范儿”。

很欣赏《奋斗》中瑶瑶的“正室范儿”。当向南最终回到杨晓芸身边之时,瑶瑶独坐家中,黄昏中点亮一盏台灯。幽幽的一室孤寂,让向南忍不住流下了眼泪。瑶瑶真的爱他,他知道。瑶瑶何等心痛,他也知道。在剧中,向南问瑶瑶:“你怎么不闹?”瑶瑶泪光晶莹,语气平静地说:“知道什么叫大方吗?你不知道。知道什么叫正室范儿吗?你也不知道。知道什么叫对你好吗?你也不知道。也许你知道了就长大了,也许你知道了我就不喜欢你了。滚——”

欣赏瑶瑶,她不及杨晓芸漂亮,不及夏琳聪慧,但她是站着恋爱的女子,珍重自己,风度非凡。恋爱失败了,更要保重自己。

爱情中的“正室范儿”,说到底,就是尽量晚献身,与男人保持距离。心可以无限接近,身体却要多多保重,直到入洞房的一刻。爱情完美,笑到最后。彼此相融,一生携手。

爱情中的“正室范儿”,就是徐静蕾扮演的杜拉拉。有了爱情,依然精神独立。有了爱情,依然追求事业的成功。有了爱情,依然保有思考的能力。有了爱情,依然纯真美好,靓丽可爱。

纵然在爱中,也不曾迷失自我,不卑不亢,平等交流。纵然在爱中,也依然能够清晰地看到对方的不足之处,并且坦然接受,明白人无完人。纵然在爱中,也保持着身体的清白,追求心灵的相依。

这就是爱情中的“正室范儿”。

男人需要崇拜者

一向自我感觉良好。觉得自己长得漂亮，挣一份工资，会操持家务，做一手好饭，又有了儿子，老公还有什么不满足的？但没想到的是，有一天，老公提出分手。我笑他："你一把家务不会做，哪个女人会看上你？如果没有我，恐怕你一天都过不了。"老公说："这你不用操心，我就是不想跟你过了。"

分手后他很快再婚，活得还相当滋润。我见过他的新妻，很普通的一个女人，毫无主见，遇事全听他的。只是，她看他的眼神充满敬意。

我终于明白了自己婚姻失败的原因——平心而论，我几乎从来都没有赞美过他。原来婚姻中的男人需要崇拜者，而这个坚定的崇拜者，第一个的，一定是他的妻子。

其实，当今红尘间，女比男强的事例也有不少。但这样的婚姻如果长久，只有两种可能，一是男人包容性强，能接受妻子比他强的事实，并且深感自豪；二就是女人虽然比男人强，但心态好，为人低调，不张扬。没事儿就猛夸男人，使男人面子足足，心理平衡。

男人需要崇拜者，不是因为他虚荣，而是需要生活的动力。聪明的女人会真心崇拜自己的另一半，哪怕他身材矮小工资不高，也会坚持崇拜到底，并且习惯成自然。适时给男人打气，每天来几句表扬，让男人身心舒泰，心中认定她就是自己今生的知己。

我的一位女友在这方面就很聪明。她是个白领丽人，工资不低，人又漂亮，老公处处不及她。但她嘴甜如蜜，总能夸得老公心里舒服。这是本事，驾驭婚姻的本事。老公经常给她买些不值几个钱的小玩意儿，比如玻璃戒指、彩石手镯等，她都开心地收下，就像收到了四克拉大钻戒一般，到处炫耀老公对她有多好。如此良性循环，两个人的小日子越过越好，可见幸福也是有理由的。

街头有个补鞋匠。有一天，因为新买的鞋磨得脚疼，我去了那个鞋摊。鞋匠接过鞋，轻轻揉着鞋帮说，新鞋都这样，穿穿就好了。鞋匠的老婆正好给他送饭来，看着他，一脸崇拜的笑容。鞋匠在老婆温情的注视下放下鞋，端起碗开心地吃饭。我明白了，这崇拜的眼神，恐怕就是他们婚姻长久的秘诀。

男人需要崇拜者。身为女人，你可以很强，甚至强过你爱的男人，但在他面前你要懂得谦虚。因为爱他而崇拜他，是爱的升华，是一生相伴的前提。

幸福岂能伪装

我不想说我是一个不幸的女人，但事实如此，我也没有办法。和同一个人离婚两次，在任何人眼里，我的情感都远离了幸福和快乐，只有寂寞与孤独。虽然实际上，并不是这样。经历了人生的大悲大喜，年已不惑，成熟而睿智的我，收获着心灵的宁静，有着静谧的美丽，在等待新的缘分的降临。我的清澈的心，仿佛涓涓细流，在阳光下静静地流淌。

但让我搞不明白的是，很多人表面上似乎对我的个人问题很关注，而实际上却是在炫耀他们的幸福。于是我对他们说，我是底线。有我垫底，你们再怎么说也比我幸福。我以为我这么谦虚的态度，可以让他们有所收敛。而实际上却起了相反的作用，他们变本加厉，更加大谈特谈他们的幸福。

同事小张，没事就炫耀手上的金货，一双手伸开，真能耀花人的眼睛。可是我知道，于这金光闪闪之后，是她终年独守空房的难言的寂寞。老公是大款，外遇频频。对她说，我不离婚，就是对得起你。小张于无奈中默许。女人，总得两头图一头。既然爱情早已泛黄，那么，物质生活的富足，也足以慰藉人心。

倒是我的好友，天天抱怨自己不幸福，或者不够幸福。可是我知道，她很幸福。每天早上，老公出门买早餐，在餐桌上摆好，再招呼她起床。晚上，两人一起看电视，遥控器放在她手中。老公出差，给她带漂亮衣服，很舍得花钱。下班时，会买她爱吃的水果，带回家，削了皮，递到她手中。这就是幸福，真正的幸福，被人疼爱的幸福，被人珍惜的幸福。

于是，羡慕之下，我也有了追求幸福的欲望，就去见了一个男人。他很有钱，可以满足我所有的愿望，给我最好的物质生活。但他告诉我，他有家室，让我自己看着办。一瞬间，我明白了，现实中完整的幸福几乎是不存在的，获得幸福是要付出同等代价的。我追求的是阳光下的幸福，手挽手相濡以沫的幸福。幸福岂能伪装？我要的幸福，是一个女人最真挚的渴望：寒夜中，可以相偎取暖；春光里，可以一同郊游踏青。

幸福岂能伪装？生活是最实际的答案。所以，我依然平静地等待。等待那一份真正属于我的幸福光临。等待那个愿意与我心手相牵的人，给我幸福的一生。

男人，爱我请别跟我谈钱

生命中的三个男人，在我爱着他们的时候，无一例外地跟我谈到钱。

第一个爱我的男人，娶我为妻，算是万事大吉。从此，饭来张口，衣来伸手。每天要求四菜一汤的待遇。可奇怪的是，自从娶我进门，他就把钱落在了门外。问他工资呢？奖金呢？他一笑，还没发呢。不往家里拿钱也罢了，反而频繁地跟我要钱花。这日子实在没法过，只好离了。

第二个男人，对我温柔体贴，因为情感进展快，我们甚至到了谈婚论嫁的程度。有一天，情到深处，因为多喝了两杯，该帅哥酒后吐真言，问我，你手头到底有多少钱？我一愣。他坦然地说，我爱你，你的人和你的钱。我立刻觉得自己的钱包遭受危机，因此彻夜难眠。回想跟他相识的日子里，他不停地把我带到他的亲戚、朋友开的店里消费，已经使得我的荷包大幅度缩水。而今这样赤裸裸的爱情宣言更让我如惊弓之鸟，心生忐忑。第二天，我提出分手。感觉里就是慌不择路，狼狈奔逃。

第三个是个阳光大男孩，比我小十岁，一个劲儿跟我说年龄不是问题。我说我闻不得烟味，他立刻戒烟，毫不犹豫。就这样爱上了他，就这样一路小跑地给他寄钱，因为他说他缺钱花。在爱的感召下，钱算什么？自我安慰之下，觉得自己真是清新脱俗。可是事后一个人独处，我把肠子都悔青了。有一天不经意地提到钱。我说，男人跟我借钱，让我看不起。他勃然变色，提出分手，说我伤害了他的自尊。我们就这样分手了。

男人啊，不要跟我讲你每月工资不高，奖金很低，日子难过，是月光一族。也许你真的是连给我买束花的钱都没有，可是你每月手机费水涨船高，也没见你把手机便宜贱卖了。也许你真的没钱给我买枚定情戒指，可是你自费旅游，新马泰也没见你少逛一处。所以，千万别跟我说你没钱，交不起按揭房的首付款。你买了房，万事大吉，我却要在这房里为你生儿育女，付出全部的时间与精力去料理家务，做饭洗衣，孝敬长辈，直到容颜衰老，华发丛生。我付出一生照顾你，我的付出比你多得多。

所以，爱我的男人，别跟我谈钱。买房钱不够，你自己慢慢凑。没钱进大饭店消费，你就自学烹饪吧。只要是你亲手做的，哪怕只是一碗淡如白水的鸡汤，我也会一饮而尽，如饮甘露。喝了你这碗汤，这辈子我将跟定你，不管你有钱没钱，我的爱绝不含糊。

所以，爱我的男人，别跟我谈钱。不谈钱，爱的本色才是纯粹的。不谈钱，感情才会稳步发展，我们的美好未来才会一点点展示在你我面前。

婚姻中，女人可以强势

现在的女人了不得，“转正的小三”们大都把无耻当光荣。只要能登堂入室，有了名分，就是胜利。如果对方没孩子，就全权接收那个男人。如果那男人有孩子，就顺手一并接收。如有人问，这是你的孩子啊？刚转正的小三真敢脆生生地应一句，是啊，这是我的孩子。

此情此景，更让我想起在围城中苦苦挣扎、维持家庭平衡的女人们。但令人不解的是，面对入侵婚姻的“第三者”，身为妻子的女人们明显那么被动，婚姻保卫战打得是那么艰苦，基至可以用浴血奋战来形容。被动应战，大都没有好结果。对丈夫的步步紧逼，严防死守，人累心更累。但这样做，不仅没有挽救婚姻，而且更快地将丈夫推进了别人的怀抱。可是，如果不经历这种傻，也许女人永远也不会变聪明。如果说，婚姻中的女人身处弱势，其实不是因为外敌入侵，而是因城堡本身年久失修，早已风化。围城内外夹击势猛，婚姻中的女子只能叹息，我本弱女子一个，想要力挽狂澜，谈何容易？！

弱女子，对这三个字，我有自己的看法。其实，任何婚姻中的女人，都不是弱女子。除非你自己把自己看成是弱女子。我认为，婚姻既然已经死亡，那么，私下平静地处理是最好的。给自己，也给负心人一个面子。

总想说，身处围城之内，自然应该高筑墙，广积粮，不称王。所谓高筑墙，就是长点心眼，看家护院；提高警惕，严防围城坍塌。广积粮是个比喻，要你积累的是情感，即储蓄夫妻间的恩爱。不称王，是说在丈夫面前，宁可温柔些，不要太张狂。哪个男人不喜欢温柔女人呢？可是人世间，世事难料，若你爱的男人有心问柳，那墙外也自然会有红杏招摇，山花烂漫。所以，如果有外力攻破城池，抵挡不住，不如从容撤退，另寻人生知己算了。俗话说，树挪死，人挪活。这年头，谁都知道好女人属珍稀品种，没有嫁不出去的，只有不想嫁人的。在纷扰无穷的当今尘世，嫁一个能够包容自己一切的男人，是一种幸福。

说起来，嫁得好还是干得好，这个问题，一直在女人们心中盘旋。依我说，如果嫁得好，那是你这一宝押得好，幸运指数高而已。而干得好，是一生的，永远受益，属长期投机，前景绝对看好。干得好的女人，拥有幸福婚姻的概率更大。而嫁富人享清福，属风险投机，当慎之又慎。所以，现在的女人，自立自强，又美丽动人，一定是抢手货。

爱是生命原野上永不凋零的花朵

一档电视节目，令人难忘。一位退休的女教师，端庄优雅，从容不迫，成熟的魅力全方位彰显，风采翩然；一张薄施脂粉的淡妆的脸，清新雅致。一望可知，年轻时的她，是何等美丽。她身穿儒雅的白色套装裙，颈间的丝巾，被她巧手打成俏丽无比的蝴蝶结造型，堪称是全身最美的点缀。如果不是她自己坦然道出自己的年龄，肯定没人会相信，她实际上已年逾花甲了。风姿绰约的她，端坐在舞台中央，怀抱一把吉他，沉静安详。她说，我要唱一首歌，名叫《因为爱情》，送给我的爱人。

伊能静说，好浪漫啊，祝你们幸福。你的爱人今天来了吗？退休女教师微笑答道，他没有来，因为他已经去世三年了。伊能静听了，顿时万分感慨，点头感叹道，原来如此。对不起，我不知道他已经不在人世了。退休女教师娓娓道来，说，没关系，我很开心跟你提起他。他是我的初恋，我们年轻时就认识了，然后就成了情侣。这条漂亮的丝巾，就是他当年送给我的定情物。他是大学教授，脾气非常好，嫁给他多年，从没跟我发过一次火。日子再苦，我们都在一起，不离不弃。风雨中一路走来，他总是鼓励我坚持到底，告诉我，风雨之后见彩虹。我不后悔，人生最美的岁月，我和他一起度过。我们一起工作，一起生活，他教给我许多做人的道理。我来自杭州，我们的家就在西湖边上。多年来，我们常在西湖流连，散步，聊天；荡舟湖上，谈诗论画。西湖的四季都那么美，和他在一起的每一天都那么快乐。他去世后,我想起,他最喜欢这首歌。所以我报名参加了吉他培训班,学会了弹吉他。每年清明时节,以及他的忌日那天,我都会来到他的墓前,为他弹唱这首歌曲……说到这里,她泪光闪烁。

悠扬的歌声响起,琴弦叮咚,拨动观众的心弦。坐在电视机前的我,被感动的浪潮淹没。我想起自己的人生,曾经的爱情。歌声荡漾,春水一般轻柔,温暖,又带着一丝淡淡的忧伤。她唱得那么投入,感人至深:因为爱情不会轻易悲伤,所以一切都是幸福的模样。因为爱情简单地生长,依然随时可以为你疯狂。因为爱情怎么会有沧桑?所以我们还是年轻的模样,因为爱情在那个地方,依然还有人在那里游荡,人来人往……

歌声中,伊能静双手掩面,任泪水静静地滑落。现场观众都被这发自内心的歌声所打动,倾心聆听。

歌唱完了,全场依然静默,现场观众沉醉其中,忘乎所以。余音绕梁,这歌声,以及这歌声背后的爱的故事,犹如心灵深处的山泉,清澈甘甜,点点滴滴,滋润着观众的心田。

轮到评委表态了。周立波说,面对真诚的爱情,聆听了这首催人泪下的歌声,我很感动。我给你一个“yes”,让你过关。伊能静难掩心中情感浪潮的起伏,说,我也给你一个“yes”,让你过关。谢谢你,让我得以重温过去,让我再一次感受到以往单纯的爱,是何等珍贵的记忆。

原来,红尘间,爱是生命原野上永不凋零的花朵。因为这位退休女教师,因为她悠扬婉转的歌声,因为她的爱情故事,让年已不惑的我,依然坚定地相信,红尘间真爱永存。也正因此,我热切地期待着,有一天,我能与世间最美的爱情相逢。

爱到八分最相宜

聪明的女人都知道，爱到八分刚刚好。留下两分，作为抽身的退路，人生便相当从容。若值得去爱，尽可携手前行，结秦晋之好，白头偕老。若不尽如人意，也可以优雅转身，给爱情一个出口，让自己保有一份做人的尊严。乞求得来的爱情，固然不能长久，而靠严防死守、时刻监视的情感，也真是累人。爱是自然的情感，爱是两个人的事。如果只有一方在苦苦维持，那这爱就失了原味，不再纯净，不如放弃也罢。

爱到八分刚刚好。留下的两分，用来善待自己。烧一道自己爱吃的菜，买一本自己爱看的书。购一套精美的时装，听一曲自己爱听的乐曲……心灵的无比自由，会让自己变得更美丽。给自己一点单独的时间，登山远眺，田野放歌。悠然散步，畅想未来。

爱到八分刚刚好。留下的两分，用来充电。让自己变得更优雅，更充实，更可爱。让自己有更坚强的内心世界，用以抵御生活中每一次不期而遇的挫折与打击。这样，才有可能在爱情褪色、情感失真、真情转移、伴侣离去后，依然能够保持微笑，波澜不惊；依然坚信人间有真爱，红尘有真情；依然以乐观向上的心态，去追求更加美好的人生。

娶妻当娶“五钻女”

在社会发展多元化的今天，婚恋模式不再单一，而变得精彩纷呈。“凤凰女与孔雀男，剩男剩女剩斗士。裸婚隐婚加闪婚，经济适用牛奋男。”这四句话就足以囊括现代社会的基本婚恋形式。而今，“五钻女”的横空出世，更是让未婚男性眼前一亮，禁不住脱口而出，娶妻当娶“五钻女”！

“五钻女”相当优质，品位高，气质优雅。同时既霸道，又时尚，个性十足，又不乏温柔，最重要的是情感专一，让男人放心。出入开着名牌跑车，一身名牌装束，出口就是流利的英文，青春靓丽，光芒四射。尤其在感情方面，认定了一个人，就爱得死去活来，怎么付出也是心甘情愿。哪怕一个普通男人，在“五钻女”面前，也能找到久已消失的自尊，感受到被人尊重与爱的惬意。这应该是“五钻女”特别受欢迎的最主要的原因之一。

除了有钱，“五钻女”的综合遗传基因指数之高。这样的女孩，能做大事的能力基因非凡，本身才华横溢，知识广博，如此出色的基因可以很好地为下一代出生与成长奠定良好的基础。

但是，“五钻女”综合实力太高，所以绝对属珍稀品种，真的不易遇到，更不易获得。这世上，更多的是普通平凡的女子。而身为平凡女子，也不要因为“五钻女”的出现而意气消沉，担心自己嫁不出去。可以把“五钻女”当成目标，积极靠拢。如果“五钻”的指标达不到，那么，努力上进，将自己打造成“四钻女”或“三钻女”也是可以的，那同样也是人生的一种成功。

娶妻当娶“五钻女”，现如今已成了男人们的共识。我想提醒男人们的是，就算你真的一不小心遇到了一个美不胜收的“五钻女”，你自身的资历、成就，有无进取心、事业心，也相当重要。这世上，尤其婚姻，讲究一个匹配。所谓匹配，不只是物质上的匹配，更重要的是精神世界，心灵方面的门当户对。也就是说，就算你手头有两个闲钱，可是如果你是花心大萝卜，那对不起，聪明时尚，兰心慧质的“五钻女”也绝对不会看上你的。

第九辑

JINGPINZHENCANG

同去看细水长流

美好而温暖人心的爱情，会使双方都拥有一份难得的美丽心情。心情沉静地生活，会发现更多美好的瞬间。曾有人多次恋爱未果，说，红尘难得真爱，我从此不再恋爱。对此，我想说，红尘中，到处都有爱情花开。其实你应该反省一下自己，是不是对爱情有太多奢望，甚至苛求完美？其实，如果你能够坦然接受对方的一切，并且积极主动地帮对方加以完善，那么，拥有美好的爱情就不是什么难事儿。

好男人是女人最好的美容霜

选男人和选美容霜一样，适合自己的才是最好的。

也许一个女人三十岁与四十岁的皮肤差不多，但和二十岁比一定差很远，好男人就像美容霜，发现不适合自己了就该换品牌了。那些恋爱中的女人即使不化妆，讲究一个素面朝天，也是一个劲儿地容光焕发，精神奕奕。

好男人与妻子性爱和谐。美满的性生活可以促进女性卵巢和肾上腺分泌激素。这两种激素水平升高，可以促使皮肤保持水分，增加弹性，显得细腻；指甲发亮有弹性；头发浓密富有光泽；体态更加轻盈。这一切改变，怎不使女性愈发楚楚动人？性爱和谐，还可使乳房充分发育，丰满迷人，突出了女性的优美曲线。难怪婚后女性往往别具风韵，更加姣美。另外，心灵交汇，情趣相投，相互珍惜对方也很重要。

女友人到中年，孩子已10岁，然而，长发披肩，身材窈窕，皮肤细嫩，漂亮极了。问她美丽持久的秘诀，她笑答："哪有什么秘诀？不过，看见他每天下班都来公司接我，我的心情就特别好。"

邻居的一对夫妻经常吵架。那做妻子的，一脸忧郁，让我不忍直视。原来，她丈夫早有外遇，可是她知道后硬是不肯离婚，以至憔悴至此。我真想对她说："算了，这种美容霜是假冒伪劣产品，不用也罢。看你的脸色，被它搞成什么样了？放手吧！"

女人之所以结婚，就是想找到一个爱自己的人呵护自己一生。

那呵护的过程,就是美容的过程。它让一个白发苍苍的老太太的脸上绽开春花般的笑容。我就见过这样一位老太太。我看着她可爱的笑容,对搀扶着她的老伴敬佩万分。我知道,他是适合她的美容霜。好男人,就是一瓶好的美容霜。这种美容霜,可以享用一辈子的。

送一束玫瑰给自己

说起来，男人买玫瑰并不是为了愉悦自身，而纯粹是为了取悦女人。为了娶妻，男人们私下里默许了女人的这种浪漫心境，迁就着女人对于玫瑰的潜在心理需求。而婚后坚持到底的人就太少了。一次，与老公谈起，颇替已婚女人抱不平。老公一语道出其中的奥秘：钓上来的鱼儿谁还肯给它饵吃？

本人平生只收到一束玫瑰。那年适逢情人节，老公的同事却与女朋友闹翻了。玫瑰9朵，半月前预定的，不可能退货。同事一气之下，把玫瑰塞给了老公，便宜了我。我叹息，什么时候，老公你也能有此一举呢？老公认真地说，我瞧你这辈子就别指望了。你知道吗？他这花订得早，每朵4元，共36元。这些钱，可买18元一只的烤鸭2只，可以买到蔬菜若干、水果若干、生活用品若干。又絮絮叨叨地说，你不知道，今天路过花店，不看不知道，一看吓一跳!一枝玫瑰就卖20元。这束花若是今天买，就得180元。我的天，打劫呀!有那20元，买幅被套都够了……老公说到兴头上，却不知，我早跑到阳台上生闷气，想不通去了。当然，气成那样也没忘记紧抱着那束玫瑰。

总觉得玫瑰这东西，天生就是专门让男人破钞的。总也想不明白，为什么男人都这么傻，他们宁肯花钱给女人买名牌时装，送高档珠宝，却那样小家子气地轻易地放弃了玫瑰的氛围。他们不明白，娇艳欲滴的玫瑰是一种浸润心灵的东西，是女人生命中不可或缺的营养品，作用等同于维生素C，类似于金施尔康。爱在心中的女人，只要玫瑰的滋润便可快乐地度过一生。因为，玫瑰是一种语言，它的确切含意是：我爱你，你是我今生的唯一！

虽然老公从不送玫瑰给我，可我爱他，只好迁就他——总不至于为了一束玫瑰闹离婚吧？而心里，对玫瑰的盼望，却是与日俱增。每天清早，上班的路上，花店橱窗里的玫瑰任由我免费欣赏，心里也就觉得得到了一点补偿。

渐渐地觉得，玫瑰的意义其实并不限于爱情。它代表爱，而爱的内容却可以无限延伸。爱生活，爱大自然，让每一个清晨，爱每一个生命中的季节，不可以吗？甚至，爱自己，爱蓝天白云，也都是美好的啊！

所以，有一天下班路上，心情特别好，我买了一束玫瑰送给自己。怀抱这束娇艳的玫瑰，一路上得到无数行人艳羡的眼光。喜欢玫瑰，送一束给自己，芳香了生活，快乐了心境，身为女人，何乐而不为？

女人与爱情

女人与爱情是密不可分的。对一个女人而言，爱情是最好的滋补品，具有延年益寿、芳华永驻的神奇效果。而一个心中有爱的女人，无疑是这世上最幸福的人。

女人是云，爱情是蓝天。女人是鱼，爱情是大海。女人个个都是恋爱高手，而且无师自通，大都自学成才，在这方面悟性极好。

女人渴望爱情，表达方式又多是那么含蓄。一个眼神，一个手势，一举手，一投足，因为身在爱中，那个优美、诗意，绝对令人陶醉。一句话，恋爱中的女人最美。

二十岁的女人不懂爱情。她可能更欣赏帅哥的潇洒，却想不到生活的艰辛。

三十岁的女人常闹离婚。她生孩子，养孩子，洗衣，做饭，忙得不可开交。看到那个近在咫尺却又一把手也不肯帮的男人悠闲地坐在沙发上看电视，她觉得陌生。在这个人生最忙碌的季节，她对爱情产生了疑问。

四十岁的女人，追求现实的爱情。此时对她来说，恰是梦醒时分。浪漫的爱情她不屑一顾，认为全是假的。

女人一上五十，爱情在生活中，就变成了一日三餐的馒头、稀饭，虽然平凡，却格外养人。这时候的女人，微笑可人，如同秋日的田野，成熟而美丽，是一种优雅与智慧并存的美丽。

六十岁的女人，以及六十岁以上的女人，平静，淡雅，像肃穆的高山雪湖。她经历了一生的爱情，到头来却不肯提及爱情。爱情在她灵魂深处栖息，她知道真正的爱情是什么，可是她不说。

女人离不开爱情，如同花朵离不开雨露和阳光。

女人向往爱情，情愿一生永浴爱河。爱情两个字，先前像一块糖，含在嘴里，等它慢慢融化，的确别有风味。渐渐地，爱情如橄榄，时间越久，越是回味无穷。女人可以没有事业，这辈子却不能缺少爱情。

好想好想谈恋爱

好想好想谈恋爱。步出围城之时，也曾痛定思痛，检讨自己，真的是不够温柔，不够善解人意……可是面对形形色色的红尘过客，才明白这年头还真是知己难求。

好想好想谈恋爱。青春年少，谁懂爱情？围城中挣扎，一言难尽。而今懂得了珍惜，却又难觅佳偶。什么是缘？缘即碰巧的相聚。什么是情？情即心灵的撞击。冰心老人曾这样问铁凝："你有爱人吗？"铁凝答道："我还没找呢。"九十高龄的冰心老人说："你不要找，你要等。"铁凝照做。于是，五十岁的铁凝，终于收获了一生最美的爱情。原来，爱情，不是找来的，而是等来的。真心爱我，我才能心安理得地走向衰老。因为，在一个爱我的人的眼中，甚至，连我眼角的皱纹，也是岁月的美丽馈赠。这世上，最珍贵的，不是善感的心，而是相信爱情的真挚情怀。任时光流逝，我心依旧。四十岁的女人花，等待一次真正成熟的绽放。

四十岁的女人，经历风霜，自信而洒脱。四十岁的我，才真正懂得爱情的真谛。那就是，爱就是爱，纯净的爱。于物质世界无关，爱就是爱。与金钱无关，与情欲无关。因为有爱的先入为主，那真诚的相依，才是至真至善至美的爱的境界。善待自己，欣慰于自己，红尘中依然保有一份美丽的爱的情怀。

好想好想谈恋爱。纯净的恋爱，琴瑟相依，如钱钟书与杨绛，如李清照与赵明诚……因为漫长的人生路，我需要有个心灵知己相伴。

爱我，就吻我

女人的双唇，是盛开在脸颊上的花朵。唯有深情的吻，才能使花朵绽放。

爱我，就吻我的双唇，这是已婚女子的心里话。但普遍情况是，男人们常常忽略这个环节。习惯成自然，渐渐地，就忘记了女人的心理需求。而实际上，吻自己心爱的女人，彼此更感到幸福。接吻，还是一种切实可行的减肥方式。据说一个3分钟的吻能消耗12卡路里，得吃一块奶油蛋糕才补得回来。另外，接吻能增强身体抵抗力。因为接吻是一件幸福的事，而幸福的人一定会长寿的。

男人们，想一想，你有多久没有吻你的妻子了。那落寞而空寂的双唇，纵然涂抹上再娇艳的口红，也依然难掩凄凉。

和一个男人有过十多年的婚姻生活，终于走到尽头。从民政局出来，他向我告别，说，抱歉，跟了我十几年，我都没能实现诺言，给你一份幸福的生活。我说，其实，我只想问你一句，你多久没有吻过我了？说完，转身离去，头也不回。

就这样，尽了前缘。就这样，安静地等生命中的有缘人，真心爱我，吻上我的唇。

去做一个幸福的人。男人，去吻你心爱的女人吧。而对于女人而言，给一点精神上的愉悦甚至比给予物质上的满足要重要得多。那么，男人，如果你爱我，那就来吻我！

水货男人不能嫁

水货是相当于行货说的。水货没有质量保证，没有售后服务，不实行三包，出门不管，自安天命。也就是说，买水货是很没安全感的。一句话，所谓水货男人，就是品质、素质、气质各方面都打了折扣，掺了水分的男人。而行货，即男人中的精品，样样优秀，当然是不容易得到的。但女人们不能因此就选择水货。买东西还是要买行货，即正品。因为再好的水货，也还是水货。绝不能贪图便宜，购买看上去样子还不错的水货。

虽说水货是垃圾，可依然很有市场。这市场，来源于它具有的欺骗性。跟手机翻新同理，外壳重做，颜色重漆，包装重整，电池重配。这种东西，乍一看，跟新机毫无二致。水货男人，自然也懂得自我翻新的必要性。翻新改造过的水货男人，跟行货男人看上去不相上下。就像仿名牌，穿到身上，固然也光鲜，可是，手感不同，质感的差异，明眼人一看就知。

若是有女人样样比他强，再不幸成为他的上司，该水货男人的所有劣根性，也就展露无遗了。消极怠工，拖拖拉拉，碎嘴子唠叨，这都是小菜。水货男人虽然工作能力欠佳，可是在挤对人上，他可是无师自通，堪称全才。抽冷子飞你一脚，让你半天倒不过气来。这种东西，搞事业这辈子算是没戏了，窝里斗是全挂子本事；煽阴风点鬼火，东方式嫉妒，那是他最基本的思想。人家的成绩是假的，人家的幸福是臆想的，人家的快乐是强装的，人家爱情甜蜜是幻想。心理阴暗的水货男人，你真的惹不起。

就这样的一文不值的水货男人，自我感觉还良好得不得了。用来夸口的，就是善良。试想一下，一个往死里诋毁别人的人，能是一个善良的人吗？见不得别人成功，见不得别人幸福，这种水货男人，真可怜。

水货男人与行货男人最大的区别就是，水货男人抻不展，扯不直，提不起，说不成。最重要的是思想的差距，品质的不同。行货男人心胸宽大，装得下五湖四海。而水货男人，针尖也装不下，遇事斤斤计较，患得患失；暗里子给人使绊子，只会玩阴的。女人们，千万别嫁这种水货男人。让这种水货男人，打一辈子光棍去吧。

肩不能扛、手不能提的水货男人，论起做事的爽快，还不及一个女人。可是自尊心特别强，你若伤了他自尊，他真能恨你一辈子。你若不小心得罪了这种人，那你这辈子就别想过安生日子了。因为心胸狭隘，因为胸无大志，水货男人格外惹人烦。水货男人最鲜明的特征是，谋大事而惜身，见小利而忘义。这种男人，千万不能嫁。

新疆人的爱情

新疆男人豪爽，大气，爱上一个人，敢于示爱。而同样真挚的新疆女人，敢于接受爱情。爱情，在新疆男人和新疆女人之间，向来是明朗的，追求是热烈的，过程是紧凑的。快言快语的新疆男人和女人，做事从不拖泥带水，爱情如是。

有了家庭的新疆男人，干活不惜力，是真正的男子汉。为了给妻儿一份好生活，奔波在外，不言辛苦。回到家，钱甩给妻子，就心安理得地享受家庭的温暖。在这点上，新疆男人一向声明，男主外，女主内。出得门去，男人做主。回到家里，女人当家。新疆女人珍惜感情，又会做饭。过油肉拌面做好，紧着男人吃饱了自已再吃，心里是那么满足。新疆女人贤惠，朴实。做饭、洗衣、买菜、拖地、养育儿女、孝敬公婆，外带上班挣钱，肩能扛手能提，风雨无阻，一切承包。

新疆的瓜果健脾开胃，新疆的羊肉滋补身体。新疆的水土滋养精神，塑造个性。一方水土养一方人，新疆人有毅力，肯吃苦，个性爽朗，乐观向上。新疆男人，四季在外承受风吹雨打，练就松柏的性格，内中却有似水柔情。

新疆是长寿之乡。我总觉得，除了其他因素，相濡以沫的爱，也是长寿的因素之一。踏踏实实的新疆男人，找到一个死心塌地爱他的新疆女人，这一生，就是与幸福相伴的日子。

新疆男人豪爽，请吃饭毫不犹豫，付账时你争我抢，是真的大气。新疆女人欣赏的也是这一点。她们认为，小家子气的抠门男人，不是真正的男人。

当豪爽的新疆男人遇到同样开朗的新疆女人，人生的大戏也就就此开场。生活中的酸甜苦辣，人生中的各种际遇，让新疆的男人和女人的心里，充斥着无数惊喜与欣喜。生活中的每一天，新疆的男人和女人，都有滋有味地度过。

男人只宜八分熟

如果说十分是男人成熟的标志，那么，最好的男人应该是“八分熟”。太嫩了，不知女人苦。熟过了劲儿，又难免太自私。

先说五分熟的男人。这种男人，其实在心理上，还是个孩子。你要是一不小心，遭遇这种小男人的温柔情网，那待遇，真的可比超级保姆。你就辛苦地侍候他吧，因为他根本就还没长大呢。除非你母性泛滥，把男人当儿子养，否则请避而远之。

再说六七分熟的男人。有家庭观念，日子白开水一样过，波澜不惊。有时他也会帮你洗洗衣服做做饭，但那次数，掰着手指头都数得清。他也有应酬，闹不好精神也会偶尔出出轨。暗恋无妨，若变成了明恋，就危险了。这种男人，特别会讨好老婆。若有心恋上婚外女子，一定把老婆哄得极好，对他极其放心。有了婚外恋，还会想入非非地认为，我做得严密，老婆一定发现不了。这种男人，除了严加管理，没有其他办法。

九分熟的男人很离谱，压根不回家，很享受家外有家的乐趣。孩子、家务老婆承包，工资、奖金自己拿着花。这种男人，谁碰上谁倒霉。

岁月如流，我曾巧遇一位十分熟的男人。从外表看，他条件挺好。离婚无子女，不抽烟不喝酒，无任何不良嗜好。年龄也相当，性格温和。

每一次见面都是在街上，逛街、吃饭、看电影……交往了一段时间，我暗示他，想去他家里看看。他犹豫半晌，小声地说："家是我最后的堡垒，我不习惯……"我明白了，他单身太久了，已经不习惯有人进入他的世界。既然你待在家里才觉得安全，那么，好好地做你的世界的国王吧。这种男人属于熟过劲儿了，缺少安全感，只能自己和自己玩了。

八分熟的男人，既懂得心疼女人，又不失浪漫情怀。上班努力工作，工资如数上交。出门一定请示汇报，让老婆知道。手机密码，老婆心知肚明。时不时买件小礼物讨老婆欢心，纪念日向来是早早准备，给老婆无数次惊喜。浪漫起来，半夜会拉老婆去看流星雨。下厨做饭，会将老婆爱吃的菜摆成心形……

只可惜，现如今这种八分熟的男人，就跟真正的爱情一样，可遇不可求。

“三不男人”让女人走向成熟

如果你不幸遭遇一“三不男人”，且不必惊慌，更不必抱怨自己命运不济，怎么没摊上个好男人。要有慧眼识人的胆略，和此等“三不男人”巧妙周旋中，你将受益匪浅并感受到人生的种种乐趣。因为此等“三不男人”非常之不好对付，狡猾赛过狐狸，下手之稳准狠可与最擅长夜半偷鸡的黄鼠狼相比。一句话，此等“三不男人”，智慧与勇气都不缺。嘴巴还特别甜。人说世有铁公鸡，一毛不拔。而此等“三不男人”，比铁公鸡更甚，因为他是糖公鸡，不仅一毛不拔，而且倒占好处，令待嫁的女人们防不胜防。

“三不男人”是什么人？不主动，不拒绝，不负责。他从来不主动邀你出去玩，虽然他有你的手机号。他也从来不送你玫瑰花。情人节，实在混不过去的节日当口，他送你一盒巧克力，最便宜的那种。两个人相处的时光，他对你柔情蜜意。可当约会接近尾声，说一声再见，他拔脚就走，头也不回，仿佛压根就不认识你。他从来不带你上他家玩，也极少带你参加他的朋友聚会。他从来不向他的朋友介绍你，说你是他的女朋友。他的世界是他的，跟你没有任何关系。同时他对你的身世也不感兴趣，甚至很少问及你的家庭情况。他不问你的生日，即使问了也会忘记。他从来不会畅想你们的未来，但却非常乐意和你一起共度缠绵之夜。

现在就说到“三不男人”的“可爱”处了。遭遇此等“三不男人”，跟他斗智斗勇，很有成就感的。俗话说得好，狐狸再狡猾，也斗不过好猎手。比如我遇到的这位，当我看清他是一实打实的“三不男人”后，我对他说，等我电话，需要你时我会打给你。我请你吃饭，时间你定，地点我定。我们周末去市郊踏春，空山寂寂，春光正好，那可是最适合情侣培养感情的场所……说得他心旌摇动，真心渴望。然后我这里气定神闲，周末约闺蜜逛街，吃饭，健身，游玩，从此把他抛于记忆的冰河，不再去想。“三不男人”的“可爱”之处就在于，他让女人成长，成熟。遭遇此等精明男人，女人会立刻聪明十倍，时刻提醒自己保护好自己的钱包，莫使缩水。时刻提醒自己不要上当，莫让此等精明男人白占了便宜——想吃饭又不想付账，休想！

此等“三不男人”第二个“可爱”之处是，你不缠他，他就不缠你。他永远等你召唤，所以比较好打发。见识过他的无赖与狡诈后，从此不理他就是了。

此等“三不男人”第三个“可爱”之处是，因为他与你相处总是偷偷摸摸，心理上欠缺光明正大的美好意识，所以你与他无言分手后，这过程也没人知道。这对女人极有好处。没有哪个女人会愿意让别人知道自己曾被一个聪明狡诈的“三不男人”耍过一回的。

综上所述，“三不男人”至少有三点“可爱”之处。第四点，也是最关键的“可爱”之处是，正因为此等不主动、不拒绝、不负责的“三不男人”的存在，使女人们对真爱更加渴望，对爱的真谛也更加了解。那就是，爱是付出，不是索取，更不是观望。爱是真诚的牵手，同行人生路。爱是幸福地相依，风雨同舟，在红尘中执子之手，与子偕老。

嫁人就嫁“余则成”

电视剧《潜伏》热播，对剧中的余则成好评如潮。细心的人会发现，其实，对余则成的称赞分两类。男人夸余则成，大气，稳重，能担重担，讲原则，有信仰，独立工作能力强。女人夸余则成有涵养，用情专一，疼爱老婆，细心，体贴，不拈花惹草，控制力强。余则成善于倾听。尤其是女人跟他说话时，他直视对方，目光温暖，态度非常诚恳。女人说话，哪怕没什么意思，他也会很认真地倾听。所以他极有人缘，尤其是女人缘不浅。

余则成耐心而温和，让鸡窝里飞出了金凤凰。翠萍后来能做得好太太，又是好战士，全是因为余则成的耐心教导和不停的赞美，因为赞美的力量是无穷的。一个大字也不识的翠萍，后来学会了写字，学会了分析情报，学会了独立工作，学会了在不利条件下从容应对，全是因为余则成的耐心引导。所以，余则成的另一个优点就是，愿意和伴侣一起成长。现在很多男人，自己成功了，就看不上老婆，嫌弃老婆，动不动就闹离婚。他们真应该向余则成好好学学。

余则成其实深爱的一直是左蓝。左蓝牺牲后，他心痛得流泪。在这期间，晚秋的爱他心里明白，翠萍的爱他也知道。但他心里怀念左蓝，所以对她们虽然很好，但不是爱。不爱就不能上床，这是他的原则。所以，无论翠萍如何明里暗里表达对他的感情，他都装糊涂，不回应。直到最后，他终于在心里放下了左蓝，最终接受了翠萍的感情，真正爱上了她。而因世事难料，飞到台湾的他，为了继续潜伏下去，他和晚秋结合了。但用情专一的他，依然在想念翠萍。爱一个人，爱得认真，爱得明白，这就是余则成。

余则成对每个女人都体贴，尊重，但坚守原则，友人与爱人，他分得很清。这与现实中某些男人喜欢游戏人生，到处留情，形成强烈对比。女人们喜欢余则成，嫁给他让人放心。即使他晚上不回来，老婆也会认为他在加班，而不会想到他在跟其他女人鬼混。一句话，嫁给余则成的女人是有福气的。有福气的女人才能有幸嫁给他呢。

余则成顾家，工资全数上交。不吸烟，不喝酒，不嫖不赌，简直是个完美男人。做事大方，有事跟老婆商量，让老婆心里舒服。

余则成疼爱老婆。凡事他一人撑，回到家中，烦心事从来不说，而是想着法子逗老婆开心。老婆喜欢做的事，他也喜欢。有人说老婆坏话，回到家里，一句也不说。一句话，不是非，不小家子气。

余则成有担当，凡事有他就行。遇到危险，他会让老婆先行转移，把危险留给自己。

余则成有涵养，不嘲笑自己的乡下老婆。他对翠萍非常尊重，从来不嘲笑她的土，她的大大咧咧的傻样儿。他只是提醒她要注意这个，注意那个。也就是说，余则成厚道，是个好人。现如今有的男人可不是这个样子的。有的男人当着朋友的面都敢损老婆，说老婆这也不好，那也不好；衣服不会穿，话不会说；事情不会干，家务不会理。他根本不顾老婆的颜面和自尊，只图自己落个口舌之快。这样的人似乎是要显示自己比老婆高明，而实际上，却更让人看不起。因为老婆是你自己娶的，现在这样嘲笑她，岂不等同于在变相嘲笑自己？！

余则成集万千优点于一身。他不是一眼就能看中的绩优股，但他绝对是一只可以长线投资的成长股。初看平常，越往后越觉得有价值，值得长久持有。嫁人就嫁余则成，这句话我赞成。

爱情必须“持证上岗”

娱乐圈最近很热闹。跟周星驰相恋十年的于文凤，最终等待不下去了，提出分手。而“星爷”一贯的敷衍：“一纸结婚证，能代表什么？”也不再奏效。于文凤这回认了真，她认为，一纸结婚证，代表的意义很多。这一张薄薄的纸片，最起码代表了做人的尊严。

女人一定要结婚的。

爱情路上遭遇“站站”，即在人生列车驶来时，只在月台上观望，永远不上车的男人，是女人的劫数。这样的“站站”让他永远站着好了，聪明的女人不要误了车次，要和愿与你一生共度的男人上车，把这样的“站站”抛在脑后，不理不想不回忆。

现实生活中，还有一种爱情，见不得光，黯淡绽放，那就是婚姻里的“小三儿”。许多“小三儿”潇洒地说，结婚证不就是一张纸吗？他爱我就行，我不要了。这真是自欺欺人的鬼话。因为代表尊严的结婚证，是社会认可的标志，是婚姻幸福的重要保证。没有它，你的爱情就像没有屋顶的房子，随时可能被风雨冲刷。有了它，纵然雨大风高，你都可以平安无事，把损失减少到最低程度。对一个女人来说，有这一张纸和没这一张纸，命运可谓大相径庭，天上地下。

爱情必须“持证上岗”。对一个男人来说，爱她，就给她一个婚姻，让爱情有屋可居，不至于流离失所。对一个女人来说，这一纸证书，就是人生最好的承诺。嘴上的甜言蜜语不算数。只有当那个愿与你一起去领结婚证的人出现，你才算是找到了生命中最好的人生伴侣。

JINGPINZHENCANG

第十辑

JINGPINZHENCANG

幸福就在你身边

有爱的人是幸福的。但说到珍惜幸福，却是需要用心体会的事情。拥有幸福，自然快乐无比。但一不小心，幸福也许会展翅高飞，离你而去。呵护爱情，彼此一生相随，是一件多么美好的事情。因为有爱，梦想花开。

幸福婚姻“慢”中来

我是个急性子，又因为工作忙，所以在家里吃饭，每顿饭都是匆匆忙忙的。早晨琐事多，顾不上吃饭，我常在上班路上买两根油条带到单位，趁领导不在时，偷偷吃完了事。午餐在单位食堂吃，一个馒头一个素菜，五分钟就能吃完。晚饭呢，我喜欢一边吃饭一边看电视，只关注荧屏，其实是食不知味。

老公常年跑野外，经常不在家，我能凑合就凑合，习惯了。

有一天，老公回来，对我说，以后我不跑外了，在单位做内勤，我们可以天天在一起了。这些年你辛苦了，以后我来做饭，保证把你养得白白胖胖的。

每天早上，老公做好早点，才叫我起床。金黄的煎蛋，诱人食欲。刚出炉的面包，扑鼻的麦香。一杯牛奶，冒着热气。老公说，不着急，慢慢吃。

时间充裕，我从容地吃了早饭。

临出门时，老公把饭盒递给我，说，食堂的饭不行，尝尝我的手艺。打开一看，雪白的米饭，香喷喷的糖醋排骨，蚝油生菜，蘑菇烩鸡丁，分别放置在不同的格子里，互相不串味儿。

午休时，同事们羡慕的眼神，让我感动于老公对我的好。

晚饭老公总说要慢慢吃，一来使家庭氛围温馨，二来也有助于培养夫妻感情，三来有助于交流与沟通。

我说，好。习惯性地，伸手就抄起遥控器。老公说，两个人一起吃饭，那是何等浪漫的事，不要让电视扫了我们的兴。吃饭认真的人，工作才能越做越好。他说，你脾气躁，慢慢吃饭，可以让你变得从容。

我觉得是我在耐着性子陪他吃饭。我喜欢看的电视剧，吃饭时就是看不成。有时忙起来，我想快点吃完饭，他坚决不允许，激起我的无名火气。我觉得他太霸道，又不是三岁孩子，自己吃呗，干吗非让我陪，而且还必须慢慢吃。

我有意快快吃饭，然后一扭头进了卧室。他跟进来说，你有胃病，我知道的。如果好好吃饭，它就不会犯……

一瞬间，我的心中暖流涌动。原来不是我陪他慢慢吃饭，而是他陪我慢慢吃饭。不为别的，只因为爱。原来，柴米夫妻的幸福，就在这一餐一饭中。原来，这世上有一个人愿意陪我慢慢吃饭，就是我最大的幸福。

远方的女人，我送给你一个儿子

那年夏天，老公有了外遇，跑回来跟我闹离婚。愤怒的我，跟老公大吵了一架。老公摔门离去。

经过多方查找，我获知了情敌的具体情况。一个开餐馆的女老板，勾走了老公的魂。我立刻上路，怀揣利刃，我要杀了那个不要脸的东西。为了我的儿子，我什么事都敢做。

三个小时后，我走下长途客车，向那家餐馆奔去。老公正在门口抽烟，一见我，赶紧摁灭烟头就进去了，把门关得那个紧。我冲过去使劲敲门也不开。

流泪返回。我打电话给老公，说，你回来吧，我跟你离婚。老公问，你是怎么想通的？我说，我看到了，你爱她，你不爱我，那就算了吧。

就这样，我们分手了。

两年后，老公来找我，一脸愧色，说，那个女人太聪明了，我玩不过她，所以我和她最终分手了。为了儿子有个完整的家，我们复婚吧。浪子回头金不换，我们紧紧相拥。什么也没问，我跟他回了家。

没想到八年后，他又有了新的外遇，又跑回来跟我闹离婚。我便平静地跟他再度分手，什么也不想问。那个女人是谁，我不想知道。我只知道，这辈子，我与他无缘。

儿子说，妈妈，我们相依为命吧。我说，好。

时光如流。有一天，儿子回来，目光有点游移，有话想说，却又难以启齿。在我的询问下，他说了实话。原来，那天下午，他父亲约他去了游乐场，给他介绍了再婚的女人。那是个来自陕西的女人，已婚，带着一个八岁的女儿。

静静地听儿子诉说，我心潮起伏。

儿子说，他们一起坐了过山车、碰碰船、太空船、海盗船……儿子说，他们还一起吃了饭。那女人温和，恬静，话不多，总是不停地给他夹菜。儿子说，那女人的孩子怯生生的，一说话脸就红。儿子说，妈，你不会怪我吧？我是为了爸爸高兴。我也知道，爸爸对不起你，可是……

我百感交集，一时无语。我该说什么，怎么说？责怪儿子吗？不，儿子不是我个人的私有财产，首先他属于自己。播种宽容，播种快乐，放弃怨恨，是我该做的。我与那个负心人的事，是我们两个人的事，不应该波及孩子。我对自己说，固然，你爱你的儿子，可现在有更多的人疼爱你的儿子，不是更好吗？

我微笑着对儿子说，你做得对。每个人都应该快快乐乐的。过去的事，就让它过去吧。

过了几天，儿子说，我爸和她让我去他们家玩儿，你看……

我心里明白，他们早就领了结婚证，是合法夫妻了。也就是说，儿子的后妈，是铁定存在的事实了。那么，我就知道，一家团圆，是他们的渴望。我知道，于他们而言，只有和儿子在一起，才算是真正的家庭团圆。

我说，你想去就去吧。

儿子说，那好，我明天就去。

我却一夜不眠。于灯下，我写了一封信给她：你好，我不知道你叫什么名字，但我知道，你是小宇的继母。小宇是个善良而单纯的孩子，希望你能善待他。今天，我送你一个儿子：小宇，年方十七，身高一米七八。聪明，帅气，健康，善良，真诚，热情。不善于照料自己的生活，于家务上一窍不通。若是一件事情想不明白，就会钻牛角尖。如果他惹你生气，请你不要放在心上。他还是个孩子，不懂事的地方，你多担待。他喜欢吃红烧排骨、清炖羊肉、香干腊肉和葱花炒鸡蛋。他喜欢穿深蓝色的衣服。他的房间，一尘不染。他的窗前，总有鲜花盛开。他喜欢弹吉他，歌唱得也不错。他喜欢热闹，不爱独处。他喜欢玩电脑游戏，这一点，请你多多劝他，不要太沉迷其中。送你一个儿子，相信你会喜欢他。

谢谢你。祝你们一家四口团圆快乐。

小宇的母亲灯下草书。

第二天清早，我送儿子上了长途客车，把一包食品交给他，请他带给继母和继母的女儿品尝。儿子感动，说，妈，你有一颗博大的心。

那封信，我夹在食品袋中，没有告诉儿子。我认为，那是两个母亲的心灵交流，他不必知道。

车开动了，儿子向我挥手。

目送车子远去，我静静地微笑。我含辛茹苦养大的儿子，现在，也是另一个女人的儿子。我相信，她也一定是个善良的人，一定会善待我的儿子，一个单纯而可爱的孩子。

红尘中，唯有心的相知，才能使世界变得温暖。

远方的女人，我送你一个儿子。虽然你偷去了我丈夫的心，但我不怪你，我只怪自己疏忽，让爱情离我远去。现在，当我的儿子也向你的身边靠拢，我心里坚定地相信，儿子永远不会忘记我。那么，让儿子飞吧，飞向幸福与快乐，飞向温暖与阳光，飞向人生路上的另一个家，只要他快乐就好。

远方的女人，送你一个儿子，祝你平安快乐。

想听真心话，也别大冒险

有一档电视节目，有这样一个游戏环节。主持人问嘉宾：真心话或是大冒险，你选一个回答。选择“真心话”呢，无异于主动爆料，要真实地说出你生活中的方方面面。因此，有的嘉宾宁可选择“大冒险”。这就是在几杯饮料中，选一杯喝下。运气好的，平安无事，喝的是矿泉水或雪碧，冰红茶之类的饮料。运气差的，满满一杯苦瓜汁喝下去，真是苦不堪言。

婚姻中的女人，受到启发。一边看电视一边这样问老公，你选真心话还是大冒险？但聪明的老公就是不接招，不上当。咬紧牙关，两样都不选。因为明摆着的圈套，身为老公的男人岂能闭着眼往下跳？他心里明白，一定是自己有点什么婚外情的小把柄落到女人手里了。但证据不足，所以女人要如此试探。

女人心里也明白，这种事男人是不会主动承认的。于是，听不到真心话的女人，自己开始了大冒险的尝试。调出话费清单逐一排查；悄悄跟踪找到小三的住处；更有甚者，雇用私人侦探，硬是查了个水落石出。面对确凿的证据，女人欲哭无泪之际，会后悔自己一时冲动。证据在握，内心存在的一点侥幸之心也就随之灰飞烟灭了。现在怎么办？摊牌吗？以后自己的日子怎么过？分手吗？为什么要主动给小三腾地方？其实，这时候的女人，是自己把自己逼到了死角，让自己不得不作出选择，其实很被动。

俗话说，退一步海阔天空。当今社会，诱惑多多，老公出轨的性质一定要搞清楚。如果是屡犯不止，自然当断则断，因为他人品不好，不值得托付一生。但如果只是偶尔一次的过失，女人又何必亲手将婚姻的玉碗摔碎呢？

所以，女人啊，即使你是那么迫切地想听到他的真心话，也千万不要自己去玩大冒险。自己该做什么做什么，不要把老公看得太重要，这种心态最好。事实证明，心胸宽广的女人，大都能够最终守住婚姻，以平静的心态击败小三，令围城固若金汤。事情出来了，切不可方寸大乱，自乱阵脚。跟老公好好谈谈，对老公动之以情，晓之以理，回忆往昔甜蜜的时光，展望未来美好的人生。最重要的是，给他改正错误的机会，其实也是给自己一个长久拥有幸福的机会。

幸福因爱而绽放

《中国梦想秀》是属于普通百姓的舞台。每个心怀梦想的人，都可以在舞台上自由发挥，或歌或舞，向梦想进发。

"想爱组合"出场了。他们的梦想却是那么简单，只想开一间面馆而已。这样的梦想，让许多观众不以为然。

这是一对年轻的情侣，男孩看上去稳健沉着，女孩柔美沉静。让我眼前一亮的，是他们高难度的舞蹈。在音乐声中，他们尽情地展现了"肩上芭蕾"的魅力。女孩身材姣好，轻盈如一只美丽的蝴蝶，在男孩的肩上自由飞翔。我不由惊叹，这简直就是美的化身。诗意的舞蹈，其实蕴含着种种危险。那一个个高难度的抛举的动作，舒展而自由，却让我不由自主地在心里隐隐为他们担心。

表演结束了。按照规则，如果有200名观众表示喜欢他们的表演，他们就可以继续下一阶段的比赛。但是，非常遗憾，现场的大屏幕显示，观众支持率不到200人。面对这样的结果，女孩眼中盈泪，男孩轻声安慰着她，神情也很是无奈。他们相拥着走向后台，那背影是如此落寞。

周立波请他们回来，他们重返舞台，心情明显很是忐忑。周立波温和地问他们："你们的舞蹈这么优美，难度极难，肩上芭蕾的魅力简直无人能够抵挡。但是，我不明白的是，为什么你们的梦想只是想开一间小小的面馆？"

男孩回答说："因为我不想让她再受伤了。为了练肩上芭蕾，她受伤太多了，让我心里非常难过。我不希望她这样下去。每次看到她被摔成那样，我都非常难受。所以我下决心要给她一份好生活。”周立波问：“那么，在你心中，你觉得什么样的生活是她喜欢的好生活呢？”男孩坚定地回答：“开一间面馆，我们一起经营。”

周立波问：“你们练这个多久了？”男孩答：“１０年了。她16岁就跟我出来闯世界。到现在她都不敢告诉家人，她和我在一起，在跳这种高难度的舞蹈，以此为生。的确，靠这个我们可以过得不错，收入不算低。但是，我就是不想让她干这个了，因为危险……”

周立波转而问女孩：“你受伤过多少次？”女孩认真地想了想，回答说：“记不清了。因为抛举难度很大，一不小心没接好，我就会受伤。严重的骨折有好几次，被摔得鼻青脸肿那并不稀奇……”

女孩的话不仅感动了周立波，而且感动了现场观众。周立波说：“我明白了，之所以你希望能开一间面馆，是因为爱。因为爱她，所以不希望她再受伤。我理解你的心情。好，我决定给你一次机会，让你们进入下一轮比赛。”

闻言，男孩脸上露出灿烂的笑容。他挥动手臂，表示成功的喜悦。女孩听了，激动的热泪立刻滚滚而下。

当他们再次出现在《中国梦想秀》的舞台上时，带给大家更大的惊喜。舞蹈更加纯熟，动作衔接到位，抛举难度更大，现场掌声雷动。

周立波近乎含泪看完。他说：“我第一次看肩上芭蕾是在央视的春晚，但他们的表演甚至比春晚舞台上的更精彩。”对此，女孩回答：“因为我们有爱。”

周立波在节目现场给男孩出了一道选择题：“如果即将有个很大很好的平台可以给你们无法想象的成功和金钱，你是否还会让她重操旧业?”对于周立波的问话，男孩子直接拒绝了：“最重要的是她的健康。她无法支撑高难度的表演，所以我们还是想开面馆。”说着，男孩拿出一枚亮晶晶的钻戒，单膝跪地向女孩正式求婚。女孩泪光晶莹地说道：“我早就嫁给你了。”

让女孩更为开心的是，男孩的父母和她的父母突然出现在舞台上，祝福他们永远幸福，白头偕老。原来，这是男孩的精心策划，送给她的一个意外惊喜。

女孩感动万分，幸福无比。两个人紧紧拥抱，此时无声胜有声。男孩说：“房子不是家，车子不是家，你在哪里哪里就是家。”

最终的决赛，是在《中国梦想秀》“梦想盛典”的节目现场进行的。“想爱组合”先是获得了单项奖——“执着精神奖”，随后他们表演了最新排练的舞蹈《穿越时空的爱恋》，获得现场观众的热烈掌声。最后，“想爱组合”用真挚的爱打动了梦想观察团，前所未有地以全票通过。他们坚贞不渝的爱情和勇敢追求梦想的执着精神征服了现场的1000多名梦想观察员和全国的观众，赢得了浙江卫视与中国社会福利基金会共同颁发的50万元“梦想助力基金”。在节目现场，《中国梦想秀》节目组宣布，在“想爱组合”的家乡长春，在人流量最大的长春火车站站前广场上，一个120平方米的面馆即将开张。

真挚的爱情令梦想成真。这一对心中有爱的情侣，男孩叫李岩，女孩叫满玲玲。因为敢于拼搏，他们走向了成功。因为坚守真爱，不离不弃，幸福绽放，他们最终实现了梦想，美梦成真！

愿更多的人相信爱情并且能够坚守爱情，愿更多平凡的人们通过努力，能够最终踏上成功的康庄大道！

原来我的离去你无所谓

一向自我感觉良好，觉得自己人长得漂亮，挣一份工资，会操持家务，做一手好饭，又有了儿子，老公还有什么不满意的？于是，大意之下，声音就高了起来，表情就不耐烦起来，做事就更加干脆利落起来，于老公的心声也就无所谓起来。老公经常说，你哪儿都好，就是不够温柔。我一句话撂过去，还不知足呢？爱你，我连你的臭袜子都洗。老公语塞，以后就什么事也不管了，随我处理。他总是对别人说，家有贤妻，我是个可有可无的角色。

可是事有蹊跷，种种迹象表明，他有了外遇。我问他，让他说实话，他当然不承认。我感慨道，你一把家务不会做，哪个女人能看上你？如果没有我，恐怕你一天都过不了。有方便面你都吃不到嘴里，因为你连烧壶水都不会。

老公无语。

我以为我说中了他的要害，心里暗自得意。没想到，有一天，他郑重地提出离婚，让我惊奇万分。当我确定他是认真的时候，我的心，陡然升起报复的欲望。让他去，找了别的女人，他就知道我有多好了。没有对比，他永远也不会知道我于他有多重要。

我故作轻松地说，行，离就离。

离婚后，我一定在等待他心的回归。在幻想中，他诚恳地握着我的手说，华，我离不开你，这辈子我都要和你在一起。

但现实是，分手以后，我发现他脸上有了笑容，脚步也格外轻松。偶尔碰到我，一点头，他如风地掠过我身边，头也不回。

失意的我，私下去打听他目前的生活。得知他已经再婚，我瞠目结舌。原来，每个人对他人的影响力都是有限的。原来，有的人，一旦错过就不在。

我见过他的新妻，很普通的一个女人。她饭做得一般，工资挣得也没我多。当然，人长得也很一般。甚至她是一个毫无主见的人，遇事全听他的。

我终于明白了，作为男人，他所要的，只不过是一个温柔的女人。她可以不漂亮，也不怎么精明能干，甚至挣不了几个钱，但是她绝对温柔，这就够了。

温柔的女人懂得适时地示弱。示弱的女人楚楚动人，令人怜惜。令人怜惜的女人，是男人的挚爱。

老公，原来我的离去你无所谓。与我的结束，其实是你的新生。你终于找到了与你的精神世界完全契合的女人，懂得你的心理需求，也时刻让你有机会彰显男子汉的魅力。她是一个聪明女人，所以赢得了你的爱。而我，觉得自己聪明能干，其实很笨。证据就是，当爱情在我手中的时候，我轻易地放开了它，因为我觉得自己很重要。

我终于明白，其实，对一个男人来说，他要找的是爱人，不是领导。

“森女”的爱情

我的人生很坎坷。与同一个人离婚两次，心灵的创痛，让我很长时间不敢言爱。但随着时光的流逝，不惑之年的我备感孤独。孩子长大了，成年了，对我说，好男儿志在四方。潇洒来去，家已经不再是他眷顾的小巢。而我心里更明白，不久的将来，他会有爱人，有幸福的家，有自己的后代。他会更加忙碌，无暇照料我。那我呢？

每个人都有追求幸福的权利。热衷相亲的我，为了掩盖岁月的痕迹，我化眼下最流行的烟熏妆。首饰更是一样不落，金项链一定得坠上金鸡心。戒指呢，左手蓝宝石，右手红宝石，交相辉映，效果不错。手腕自然也不能错过。左腕戴一款时尚女表，小巧玲珑。右腕是翡翠玉镯，晶莹剔透。并且专门做了指甲。玉指纤纤，指甲美丽如画。头发是连卷带烫，外带三色挑染。衣服购自精品屋，价格不菲。

但是，很奇怪，经过精心包装的我，每次相亲都大败而归，一顿饭后便没有了下文。所以，当介绍人第15次为我介绍对象时，我婉言谢绝了。

周末，朋友聚会，相约各自带爱人赴约。我没伴侣，只好单身赴会。也许是逆反心起，我干脆洗尽铅华，素面朝天去了。粉色的上衣，宽大的衣摆轻盈下垂，宛若蝴蝶翩跹。白色的长裤，剪裁得体，简洁优雅。

饭后，独自一人踱到窗前看月色。他走过来，微笑着说，原来你是“森女”啊！“森女”？是啊，清纯自然，宛如从大森林里走出来的女孩子。

我说，我是女人，成熟女子。他笑，说，在我眼里，你就是个非常可爱的女孩子。他拉我到镜子前，说，你自己看吧。岁月在你身上似乎没留下什么痕迹呢！

定睛看去。果然，镜子里的自己，微笑如花，端庄秀丽；头发自然下垂，黑色的瀑布一般。他说，清水出芙蓉，天然去雕饰。唇不涂而丹，眉不画而翠。现在的大都市中，这样的女孩子可真是不多了。

心，怦然一动，心头立刻升腾出一种温暖的想法——我想做他心目中永远的“女孩子”。这样一想，双颊发热，恰似彩霞，宛如抹了胭脂一般。他在我耳边低语，看，还说自己不是女孩子，动不动就脸红呢！

就这样，心甘情愿地成为他的女朋友。他说，“森女”嘛，就是一切以舒服为主，保持自由快乐的天性就好了。于是我就很舒服地享受起“森女”的爱情。每天不用化极浓的妆，不粘贴假睫毛。这样，节省下的时间就可以惬意地读书。每天傍晚，我们携手散步，这样我就不会久坐在电视机前看无聊的泡沫剧了。每天入睡前，我们一定要交流一小时，聊人生，聊未来。和他在一起，穿着以舒适自然为主，全棉是我的首选。他说，生活中，男人对女人最好的呵护，就是让她远离化纤织物。他不喜欢我涂艳丽的口红，却会给我买透明的润唇膏，让我的双唇时刻保持润泽。最好的是，跟他出门，我不用穿高跟鞋。舒适轻便的平底鞋，方便我们郊外远足。

因为他，我的心灵得以保持纯真的原色。因为他，我的爱情生机盎然，青葱无比。因为他，我爱上了大自然。常和他一起，背着相机出门，徜徉在原野上，拍下季节的美景。他说，我就喜欢你这样，舒展心灵，回归本真。现在的你，是最真实的你。我说，是啊，因为你，我终于找回了自我，不伪饰，不虚夸，终于做回那个多年前纯真质朴的我。

“森女”的爱情，温馨而动人。

粽香悠悠

每年端午节，母亲都要包很多粽子。除了家人外，还要一份份分好，让我送给邻居品尝。对此，我总是不以为然。母亲笑着说，傻丫头，长大你就明白了。果然，当我渐渐长大，也终于明白了母亲的苦心。家里有什么事，邻居们都热心帮忙。远亲不如近邻，母亲以自己的真心，结的是善缘啊！

母亲手巧，看她包粽子，真的令人惊叹。粽叶在手，糯米倒入，细致包裹，然后一根细麻绳捆扎，粽子在手里滴溜溜打转，像艺术表演。我则不行，包不紧粽子，老是往外漏米。母亲就说，算了，你天生享福的命，等着吃现成的吧。

第一次带男朋友回家，恰逢端午。母亲捧出刚煮好的粽子，红烧肉的，蜜枣的，红枣的。他吃得津津有味，连声称赞，好吃，香，再来一个。母亲笑开了花，对我说，喜欢吃我包的粽子的人，可以嫁。于是，我就嫁给了这个人。

以后的每年端午，他都馋得要命，催我回娘家多带几个粽子来。我就幸福地上路，从家到市郊，路程不短。我一路微笑，心里满满的是爱的甜蜜。

没想到儿子渐渐长大之时，他提出离婚。理由无聊得可笑，说是没有共同语言。恰是端午，我手里提着母亲新煮好的粽子，惊讶得说不出话来。倒是他，从容镇定，很自然地接过来，低头一嗅，说，真香。我想说，香也不给你吃，负心人。可是这话，不知怎的，总也出不了口。分手了，我的眼里含着委屈的泪。

时光飞逝，转眼又到端午，母亲照例包了许多粽子，一份份分好，特意将一份粽子放到我面前，说，给他送去吧。

谁？话一出口，我就明白了。我不去，他早就再婚了。一定得去。不去。母亲急了：你不去，我去。为什么？傻丫头，为了小宇，你的儿子啊，难道你希望他永远憎恨他的父亲吗？

哦，我真的不想让我的儿子心中只有仇恨。他应该更多地学会宽容。送粽上门，他是那么惊讶。放下粽子，我说，你最爱吃的，红烧肉粽子，吃吧。我看见，有感动的泪，缓缓地涌出他的眼眶。他转过身，轻轻地拭去。

我知道，横亘于彼此心中的坚冰，一瞬间，已经融化。我真心原谅了他，因为人生，谁都不容易。粽香悠悠，传递的是深深的情谊。纵然时光不能倒流，往昔不能重现，那温暖我们内心的，依然是无言的感动。我知道，从此以后，我们可以是好朋友。

感谢母亲的粽子，让我学会了放下。那不能释怀的，终于成为往昔的追忆。那内心的怨愤，因宽恕而变得美丽。感谢母亲的粽子，让我的心变得无比馨香，回归宁静。

写博客的男人

他写博客，是因为自己实在太平凡了。他就像路边的野草，随风飘摇，无人知晓。

家境贫寒的他，从小就被人看不起。天资平平，胆小而怯懦。他能够夸口的，就是善良。他觉得自己很善良，真的善良。

他就是这样一个谦卑的人，泥土一样的本色。他在人们的白眼以及鄙视的眼光中渐渐长大。在电厂工作，那是一份可有可无，并不重要的工作。他个子矮小，长相虽说得过去，可是因为生性懒惰，不修边幅，依然没有姑娘愿意嫁给他。每月工资少得可怜，把他变成小气又抠门儿的主儿。

博客给了他展示自我的空间。他能写小稿，豆腐块，有时出来了，贴在报屁股上。这于他，确乎是莫大的惊喜。他郑重地把每篇发表的小稿子都一一发布到博客上。

博友的拜访，对他的鼓励，让他有了成就感。恍然间，他成了成功人士，而人生唯一给他的遗憾就是没有爱情。

不知什么时候，在他的博客中出现了妻子、儿子。家庭中的趣事，一桩桩被他晒到博客上。博友们笑得前仰后合，称他是火箭速度、闪婚一族。看他和老婆打情骂俏，恩恩爱爱，也挺好玩的。

他的博客真的火了，点击量狂升。他于欣喜之下，在文章中着意添加上这样的内容：老婆又给他生了一个女儿。文章发表了，网友问，你超生了啊，罚款几何？他笑而不答。沉浸在幸福的氛围中，博客每日更新。下了班就扑到电脑桌前，一坐就是一晚上。

后来，他在网上认识了一个朴实而善良的姑娘。相见恨晚，这也许就是所谓的一见钟情吧。三十大几的老光棍，成家的愿望是如此迫切。他请求见面。她答应了。但他在公园左等右等，也没见她的踪影。恼羞成怒的他回到家，立刻上网，质问她为何不守信用。

她长久不语，最后一声叹息，对他说："你看看你发表的'豆腐块'里都写了些什么啊！有个老婆就算了，竟然还整出来一双儿女……"他拍着脑瓜一个劲儿地骂自己糊涂，说："这些事都是假的啊！写着玩的，图一个热闹而已。"她说："就算这些事是你瞎编的，我也无法接受你。因为我觉得你太虚伪，嘴里没一句实话。"伤心之余，他的文章中不仅没有删除那一双虚拟儿女、没影子的老婆、假想中的幸福家庭，反而变本加厉，写得更来劲了。因为想念那段曾经的网恋，他干脆在文章中把老婆的名字改成她的名字，这下子看的人更多了。

一天，忍无可忍的她在他的博客上留言说："唉，我真可怜你。眼看奔四十的人了，还是光棍一条。迷恋网络，把博客当成你的精神寄托，在幻想中成家立业，有儿有女。你脑子进水了吧？竟然把我的名字写进你的臆想家庭中，不可笑吗?在博客上虚拟老婆和一双儿女，自我陶醉。你不累吗？我今天过来就是想告诉你，我现在才知道为什么你年近不惑却与爱情无缘。我走了，永远也不想见到你。"后面是无数个惊叹号。

从那以后，热心的博友发现他不见了。博客，也再也不曾更新过。博友们曾四下寻找他的踪迹，但他如同人间蒸发，再也没有在网上出现过。

渐渐地，他的曾经红火一时，充斥着家庭乐趣和欢声笑语的博客像一个久不收拾的庄园，长满了野草，无人问津。

红尘中的取舍

人生路上，一路走来，历经坎坷与风霜。年已不惑，我以为一切都放得下了。我以为我真的参透了人生，具云水禅心，心博大开阔。但最终我发现自己在自欺欺人。所谓的一切看透，只是表象。实际上，面对曾经伤害了自己的人，我依然满腔愤怒。当我的热心遭遇冷漠，我无法淡定地说随他去。但我最终原谅了自己内心深处的脆弱，或者说是软弱。因为我知道，是人就有弱点，是人就有“软肋”。

与同一个人分手两次，二十年的时光水一样流逝。有一天不期而遇，猛抬头看到他那两道来不及躲闪的目光，愤慨便如潮水一样袭来。记忆流转，不堪回首的往昔一幕一幕出现。我流逝的青春，我最美好的岁月，都在他赐予我的磨难中艰辛地度过。人生，相逢不如怀念。这样的人，宁可一生不见。

虽然我知道，明智的人，应该收集生命中快乐的记忆。但实际上，耿耿于怀的，偏偏是那些不愉快的事。尤其是曾经的伤害，我记得尤为清晰。直到有一天，读到一则故事，心才豁然开朗，不再纠结。

一个苦者对一介高僧说：“我放不下一些事，放不下一些人。”高僧说：“没有什么东西是放不下的。”他说：“这些事和人我就偏偏放不下。”于是，高僧让他拿着一个茶杯，然后不停往里面注入热水，直到水溢出来。苦者被烫到，马上松开了手。和尚说：“这个世界上没有什么事是放不下的。痛了，你自然就会放下了。”

痛了，就会放下了。这句话我感同身受。我终于不再自责，曾经的人生中我曾伤害过别人。因为那时的我太年轻,没有经验,不懂得尊重别人的感受,忽略了别人的自尊。我终于不再心怀怨愤,为我曾经付出的真诚,而对方竟不屑理会。人生路上,我终于有了一份难得的感恩之心。感谢生命中曾伤害过我的人,因为他磨炼了我的意志。感谢生命中曾欺骗过我的人,因为他增进了我的见识。感谢生命中曾放弃过我的人,因为他教导了我应自立。感谢生命中曾绊倒过我的人,因为他强化了我的能力。感谢生命中曾愚弄过我的人,因为他增进了我的智慧。人世间,感谢所有使我坚定成长的人,使我在崎岖的人生路上勇者无惧,最终放下所有心灵的负荷,轻装前进。

红尘中,没有什么是放不下的。痛了,你就放下了。不惑之年的我,放下了心灵所有的负荷,一颗心自由而宁静。

你有时间生活吗

喜欢看湖南卫视何炅主持的《我们约会吧》节目，觉得很受益。

有一次，在节目现场，42岁的“马夫哥”把一个靓丽可爱的小姑娘问哭了。他说，你在日本留学6年。我问你，那你有时间生活吗？年纪轻轻的，能有什么经历啊！一句话触到22岁小姑娘内心深处的酸楚地带，小姑娘说着说着就哭起来了。她说，是的，我在日本留学，几年来就是两点一线，学校，打工的餐馆。6年来，我受了多少苦你知道吗？对，我没有时间生活，我一直在忙碌中度过。6年来，我的生活费，都是我一点一点赚来的。

何炅说，“马夫哥”的意思是，你是在被生活支配得团团转，而真的没有时间去享受生活。

又上来一位女嘉宾，30岁，身穿湖蓝色长裙，看上去温柔宁静。“马夫哥”与她经过几轮对话后，最后问她，你能为我改变自己吗？女嘉宾答，我人到中年，经历过无数风雨。我的人生经验，让我成为百变女人。我可以温柔，也可以开朗。我可以安静，也可以很富动感。奔向幸福，我已经准备好了。我只想问你一句，是我过去牵你的手，还是你过来牵我的手？闻言，“马夫哥”沉吟了一秒钟，然后果断地大步走过去，牵住了女嘉宾的手。何炅因此开心不已，拥抱了这两个人，祝他们幸福。两个人牵手离开，一路微笑。

对此，我心有感慨。

我想说，22岁的小姑娘不懂“马夫哥”的意思，可是我懂。年已不惑，阅尽千帆，我终于懂得了珍惜生命，享受生活。

喜欢轻吻脸颊的春风。美好的春晨，我会下楼至院中，和山桃花，紫丁香甜蜜亲近，沉醉于它们散发的芬芳。喜欢在细雨中散步，打一把碎花小伞，轻声吟唱美丽的歌谣。喜欢看太阳喷薄而出，彩霞满天，那是世上最美的画笔也画不出的绚丽色彩。喜欢去郊外踏青，采撷美丽的蒲公英，然后深呼一口气，轻轻吹送，看蒲公英的种子冉冉飘荡，飞向远方。喜欢享受灿烂的阳光，喜欢蓝色的大海，喜欢白雪，喜欢春草……

善待自己，在疲惫的时候，泡一杯菊花茶，看菊花在水中再次绽放。善待自己，在空闲的时候，下厨为自己烧一桌好菜，然后在音乐声中享受美味佳肴。善待自己，不拿别人的错误惩罚自己。我不生气，因为人生很美好。善待自己，是享受人生的极致。走过人生的无数风雨，我终于有了一份惬意的心情，有时间生活，并且生活得很好。

珍惜生命中的每一分钟，以美好的心情收集快乐的点点滴滴，享受生活中的种种美好，我是世上最幸福的人。

人生其实很简单

人生在世，其实最难得的，是能够达到简单的境界。人生本就是一道加减题。中年以前做加法，说到事业与成功，那自然是多多益善；中年以后做减法，将人生的负累降到最低，尤其是人情世故，越简单越好。

名片是一种介绍自己的方式。现在的都市人，谁没有一盒精心印制的名片呢？有一次，我去拜访著名作家王蒙，虔诚地递上自己的名片。名片上，花朵芬芳，诗意淡雅。王蒙赞赏："好漂亮的名片。"然后，朝我抱歉地一笑，说："对不起，我没有名片。"闻言我一愣，心想，怎么可能？王蒙仿佛看出了我的心思，笑着解释道："人生在世，贵有自知之明。既有自知之明，又何须名片来加以印证呢？"王蒙的话，让我的心豁然开朗，感动于这样一位著作等身的作家如此谦逊。人生简单到连一张名片也不肯附加，令人敬佩。

曾经爱过一个人，爱得很深。但两地相思，徒增烦恼。他不肯来我这里，说亲人舍不得他过来。而我这里，也是一样，儿子牵心，让我实难决断。我以为我是一个很干脆的人，一向做事利索，凡事说做就做，且有毅力坚持到底。于是跟儿子谈话，希望他懂我的心。儿子一向跟我生活，母子相依为命，习惯了我的呵护与照顾。而今，听我谈起感情之事，料想我去意已决，自己反对也无用。于是儿子含泪说道，你的事你自己做主吧。他转过身，潸然泪下。这让我的一颗坚持要奔向爱情的心，瞬间坍塌。而因此，我也懂得了他的处境，他的两难的心。这世上，唯有亲人，是我们都不愿轻易割舍的。与爱情相比，亲情更稳固，更长久，那是血脉相连的一腔深情啊！于是，我果断地对他说，算了，今生无缘，我祝你幸福。他立刻懂得了我话中的内涵，说，好，我也祝你幸福。一段美好的情感，就这样无疾而终。我和他将复杂化为简单，从此彼此的世界，都云淡风轻。既然无缘，便不再缠绵，人生其实很简单。

母亲住在市郊，离家很远。每次看望母亲，提着大包小包的东西，拎得手酸。多次劝母亲和我同住，方便照顾。母亲总说，一个人住惯了，哪儿也不想去。这问题困扰了我许久，直到有一天，决定买车，以此拉近与母亲的距离。随后，我用8个月时间实现了梦想，花5万元稿费买了新车，真是心花怒放。有了车，可以经常看望母亲，带着亲手做的饭菜。车至母亲的小院，饭菜依然是温热的。我与母亲，终于达到了一碗汤的距离。人生其实很简单，任何问题，只要想解决，就一定能够解决。

爱我，就请陪我去西藏

巍巍昆仑，茫茫雪域。神奇的西藏，是我心头一个挥之不去的梦想。远离喧嚣的都市，踏上那片陌生的土地。我要忘掉紧张的工作，舒展疲惫的身体。我要让我的心像一片白云，自由自在地飘荡在青藏高原。我要引吭高歌，排遣心中所有的郁闷。我要把生活的琐事和金钱名利全都抛于脑后。

我会一任那微带寒意的风儿吹乱我的长发。我要让高原的阳光把我的脸庞晒出美丽的高原红。我要让牦牛那宽阔的脊背托起我的笑声和歌声。回想起来，去西藏的愿望似乎早已不知不觉间根植于我的心灵深处。也许是在知道了“孔繁森”这个响亮的名字以后；也许是在聆听了李娜的那首意境深远的《青藏高原》之后；也许是在观赏了电影《红河谷》之后；也许是郑钧的那首激越高亢而又韵味无穷的《回到拉萨》震撼了我的心以后……高原清新的风，辽阔的天空，以及展翅高飞的雄鹰常常会出现在我的梦中。

我的灵魂日日随梦想高飞——接过洁白的哈达，畅饮青稞美酒，该是别具风情，别有风味吧。吃过糌粑，喝过奶茶，穿上藏袍，蹬上长靴，会是一种何等豪迈的心情！唱一首藏歌，跳一曲藏舞，人生无苦只有乐！

车到拉萨，我将亲眼目睹布达拉宫的雄伟与庄严。我会亲手摸一下那旋转不停的法轮。我要走遍阿里，去寻访党的好干部孔繁森的足迹。站在喜马拉雅山脚下，仰望“世界屋脊”的风采，它将会带给我怎样的人生启迪?

驻足青藏高原,我一定会见到“高原之舟”牦牛在奔跑。在天地之间,在高原之上,它是最高贵的生灵!采一朵美丽的格桑花,将它带回我的故乡。那么,美丽着的,就不止是记忆,它会让我的人生岁月日日生香。这是盛开在雪域高原的最美丽的花朵,它的坚韧,令人敬仰。喝一口雅鲁藏布江的水,去看看世界上罕见的大峡谷……

其实,去西藏,也是去寻找一个人生的答案。我相信西藏清爽的风、明净的天空一定会告诉我:人生于世,不必太计较个人的得与失。只要有歌声,有一颗快乐的心,此生足矣!

好几次想要启程,奔赴梦想中的拉萨,却都被母亲苦苦劝住。寒冷,孤独,我的女儿,你能否适应温差,还有严重的高原反应?母亲说,如果有人与你同往,那可以。

我理解母亲的心,我懂得母亲的意思。年已不惑,历经情感挫折的我,依旧单身。母亲希望我获得幸福,和心爱的人结伴同行。

每每恋爱,我问对方,是否愿意同游西藏?对方沉吟半晌,说,西湖多美,何必非要去西藏?

有人想去丽江,说那里风景如画。有人想去桂林,说桂林山水甲天下。可我心心念念的地方,是西藏。

静立于岁月湖畔,我在等待一个愿与我同游西藏的人,和我一同感受西藏非凡的魅力。

人于红尘间,轻轻地问一句:我想去西藏,你愿意陪我去吗?